诗衢寄興

黄河鸣◎著

海峡出版发行集团｜海峡文艺出版社

图书在版编目（CIP）数据

诗衢寄兴 / 黄河鸣著. — 福州：海峡文艺出版社，2019.6
ISBN 978-7-5550-1898-8

Ⅰ. ①诗… Ⅱ. ①黄… Ⅲ. ①诗集—中国—当代②对联—作品集—中国—当代 Ⅳ. ①I217.2

中国版本图书馆 CIP 数据核字（2019）第 104444 号

诗衢寄兴

黄河鸣 著
责任编辑 朱墨山
编辑助理 杨 鑫
出版发行 海峡文艺出版社
经　　销 福建新华发行(集团)有限责任公司
社　　址 福州市东水路 76 号 14 层　　**邮编** 350001
发 行 部 0591-87536797
印　　刷 泉州市精彩数字印刷有限公司　**邮编** 362000
厂　　址 泉州市鲤城区美食街 183 号织造厂内原综合楼一层
开　　本 889 毫米 × 1194 毫米　1/32
字　　数 124 千字
印　　张 8　　**插页** 4
版　　次 2019 年 6 月第 1 版
印　　次 2019 年 6 月第 1 次印刷
书　　号 ISBN 978-7-5550-1898-8
定　　价 42.00 元

如发现印装质量问题，请寄承印厂调换

前 言

我在继《黄河鸣诗词集》出版后，又围绕着生活中所接触的田园山水、花木鸟虫、天文时令、名胜古迹、诗书画艺、人情世故等，即事感怀，咏物寄意。对楹联的学习、创作也从未停止过。

人生中，可拾掇的体裁比比皆是，但要抓准特点，写出风格，却是不容易的。这就需要我们在浩瀚的学海里不断地求索、进取，从中陶冶情操，培养雅趣，增加语言的积累，提高遣词造句的能力。其次，要多接触生活实际，即有时间和条件允许的情况下多外出走走，从中增长见识，获取灵感，使作品切题、鲜明、有新意。再者，要多交流，即与同仁们交流。这些可以面对面或通过论坛、网站来实现。比如，我在网易上建立了个人诗词网，参加各类诗词论坛的活动：担任过中华诗词论坛—棠香诗联版主、中华风雅颂—九龙诗苑版主、中华风雅颂—福建诗词首席版主和中国诗联论坛版主；参与诗友们的诗作点评；主持诗词比赛；担任赛事评委。这些都使我得到不少启发，受益良多。还有，要敢于“献丑”，作品要经常让大家赏读、评论；要有“六十而耳顺”的气量，特别是对批评的话更要听得进去。这样才能改善思维品质，拓展思路，不断地增长理论知识，提高诗词、楹联的创作水平。同时，还要重在参与各种类型的诗词、楹联比赛，检验自己的学识水平。几年来，我在诗词参赛上获得纪念杜甫诞辰一千三百周年创作活动优秀作品奖、中华诗词李白杯金像传承佳作奖、莲花艺术创作银奖、兰花艺术奖银奖、第三届诗词世界杯中华诗词大赛一等奖、黄河魂·中国梦全国诗词艺术大赛创作二等奖、第八届天籁杯中华诗词大赛银奖。作品被收录《中华诗词大辞典》《中华诗词著作家典藏》《第三届诗词世界杯中华诗词大赛精品典藏》。我写的楹联也先后获得“泉州西湖公园楹联全国大奖赛入围奖”，“泉州市首届赞家庭美德、扬和谐新风海内外楹联大赛优秀奖”，“泉州市庆祝改革开放四十周年全国征联赛”入围作品。我写的两楹联入选并镌刻于泉州海印寺;五楹联镌刻于安平金墩黄氏家庙;为德化戴云寺撰写楹联;为泉州七里庵撰写楹联;为泉州晋江下游生态整治工程撰写楹联、诗词;时常为一些企业、单位、个人撰写诗词、楹联。一些作品在《中华诗词》《诗词世界》《中国共产党建党九十周年全国诗书画献礼》《天籁之音》《李白杯》《东方美全国诗联大赛》《第十届“中华颂”全国艺术大赛》《纪念杜甫诞辰一千三百周年诗词书法创作活动》《黄河魂·中国梦全国诗词艺术大赛》《第三届“祖国好”华语文学艺术大赛》《中国对联作品集2016年卷》《中华风雅颂–九龙诗苑》《中华诗词论坛–棠香诗联》《中国诗联论坛–龙江吟社》《中华风雅颂–福建诗词》《中国微型诗》《一壁残阳微刊》《福建诗词》《泉州诗词》《泉州当代诗选》《泉州当代词选》《刺桐》《泉州保险》《岁月知青》《我是知青》《戴云知青》《半个世纪的人生》《鲤城诗词》《泉山诗联》《晋江诗词》《棠香诗联》《延平雄风》《净峰文史》《戴云春韵》《洛阳诗词》《安海风光诗词集》《泉州楹联》等刊物、论坛上发表。这些对诗词和楹联创作的提高,都起到了较好的效果。

此书是本人暮年的又一潦草之作，聊表对诗词、楹联的兴趣和自学、苦修之志，绝无附庸风雅之意。愿与同仁们切磋、共勉，为弘扬中华诗词文化稍尽绵薄。

作　者

2019 年 2 月

目录

CONTENTS

诗

五 绝

七 绝

五　律

七　律

词

楹 联

诗词创作体会

附　录

诗

五 绝

诗 缘

此生闲碎拾，寄趣结诗缘。
自学寻门径，笔情营益年。

惜 时

余阴当惜学，好补少头遗。
任便春秋复，唯将矢志持。

警 语

心明知己过，少说别人非。
本是清平界，何因噪嘴违。

春 日

天朗花争俏，晴烘柳眼舒。
爽风红杏逗，得意燕喧庐。

春 风

巧点千枝绿，奇燃二月红。
引香飘四处，惬意万家同。

春雨舒新

如膏山野润,林翠草开颜。
桃冶梨妆倩,漫坡花色环。

夏　日

火伞当空罩,青畴暑气淫。
祈天施霈泽,送爽入衫襟。

秋　凉

柳疏桐叶落,菊老晓霜寒。
晨起加层袄,薄身时记安。

秋　风

撩倒江芦苇,吹开野菊花。
夜惊游子梦,千里绪牵家。

冬　风

飕冽横空扫,沙飞砾石扬。
庭前怜锦缬,不见昨时芳。

冬雨

似玉松髯挂,如珠柳带盘。
野梅还未放,江水已添寒。

对弈

竹影横窗动,梅香入室弥。
两兵相激战,佳茗一壶随。

自乐

人醉壶中月,我窝书里闲。
开心皆幸事,何必怨喧寰。

慎行

勿与人争胜,箴言亦慎之。
忍容天不祸,常惬赛良医。

看开

顺境留些喜,权当逆厄春。
莫论谁得失,大暮尽黄尘。

七 绝

敬步王仁山会长《岱仙湖观钓》原玉

（一）

香钩桂饵入波柔，巧倚石岩当阁楼。
莫问得来鱼几许，只求消遣慰霜头。

（二）

垂纶岱水学之初，划桡执竿心不疏。
一袋烟丝抽未尽，功夫已得满箩鱼。

敬步王仁山会长《漳平绝句三首》原玉

（一）杨美村红军购粮留款信

壁墨留存日已赊，三行字显铁军华。
民心深得齐摧朽，号角前头络绎车。

（二）双洋古民居群

夕辉斜照古雕梁，岁月风霜蠹老墙。
寂静无人门半掩，村头旧主起新房。

（三）王景弘故里

重修祠宇复碑新，八涉重洋史未湮。
征险克艰功不傲，甘随三宝做裨臣。

敬步王仁山会长《虹山油菜花》原玉

思赏芸苔不畏赊，金黄灿处沓来车。
桃红李白虽娇媚，难比清香醉万家。

敬步王仁山会长《农家书屋》原玉

兴农先建读书吧，观念更新山里丫。
筑梦岂唯男汉事，商研不可座无她。

敬步王仁山会长《哈尔滨夜乘缆车过松花江》原玉

缆车乘坐伴蟾华，脚下冰层泛玉花。
远逸他乡情别趣，江山何处不吾家。

敬步王仁山会长《长白山放晴得观天池》原玉

山巅凹处卧团龙，蝶粉琼花好匿踪。
仰借东君纱幔解，为酬远客露芳容。

敬步王仁山会长《呼伦贝尔草原冬望》原玉

苍天可掌草荣凋，朔雪难将冀志消。
骏马因之蹄疾骋，茫原到处任熙骄。

接墨海小舟——小雨敲窗键未疲

小雨敲窗键未疲，文骞妙笔古风追。
金堆玉砌多新意，墨海楹联最出奇。

接墨海小舟——尽在真情韵不欺

尽在真情韵不欺，相粘相对律循规，
连篇好咏随心赋，墨海珠玑可作师。

接周文骞——三杯美酒一篇诗

三杯美酒一篇诗，不比猜拳赛赋奇。
曹植当年行七步，吾今脱口已成之。

龙江吟社（嵌名）

龙腾涛涌逐波推，江泛银光胜水奇。
吟罢新潮歌旧浪，社坛风雅日趋熙。

嵌句“空山白鹤驮云去”

（一）冬　日

空山白鹤驮云去，几日阴沉又转晴。
丝意暖阳春仿至，梅心梦醒蕊初成。

(二)昏　晨

缥缈飞烟柳色盘，闻声知鸟树头攒。
空山白鹤驮云去，又展骄阳昨日欢。

辘轳体·嵌“细雨飘来古径幽”

(一)离　别

细雨飘来古径幽，沾鞋欲湿感离愁。
昨时还饮家乡酒，今日孤身走别州。

(二)踏　青

清明时节老天酬，细雨飘来古径幽。
春色舒新人惬意，踏芳无阻似川流。

(三)游三清山

栈道盘旋上岭头，奇悬野秀目中收。
忽然风起乌云布，细雨飘来古径幽。

江滨公园

十里长滩细酌参，始更新景似春酣。
悠闲濯净尘嚣事，天地人和好友三。

湖　景

瑞霭蒸腾衬日华，小桥披锦榭笼纱。
轻舟荡醒湖波梦，惹得娇莲早茁花。

儿童公园

滑梯攀网百娱材，养智怡情戏众孩。
辅以黉门书外趣，无邪天性广知开。

江口码头

江口商通始宋元，舳舻盈港几昌繁。
贾人纷至多洋客，早有名声四海煊。

立　春

寒梅争俏立春头，老柳垂枝绿也抽。
四野风和舒百翠，知时好雨润千畴。

春　柳

喜沾春露嫩芽生，滴翠垂丝泛水萦。
旭日柔风同晓景，婉和含蓄引新晴。

桃　花

又到桃花绽放时，如霞红艳一山弥。
寻芳少女腮相映，争揽春光比俏姿。

公园写春

红颜佳丽镜前排，二月娇花艳衬腮。
柔媚和春多少影，宜时玉朵为谁开？

暮　春

甘雨滋田落谷忙，子规啼月柳花扬。
如霞似火樱桃灿，新出头茶色韵香。

听经典老歌

亲切熟音双耳旋，犹如回到稚儿年。
时光易老歌难老，活力当春激后贤。

秋　雨

潇潇惊夜晓天昏，庭上红花几幸存。
昨日幽情今却断，相思何处可追魂。

秋　愁

雁鸣萧瑟早霜生，败叶飞飘草失荣。
长夜难追春意梦，衰翁无奈醒三更。

露

寒凝大地湛珠生，附叶沾花挂树晶。
日出悄然无息去，何曾气傲比辉莹。

霜　天

凛风萧瑟叶飘飞，晨草漫坡披白衣。
早练人声惊晓梦，天寒何惧自春晖。

木棉树

三五成林据半园，未萌青叶已花繁。
天生丽质何妆扮，红若宫灯盏盏骞。

入　冬

一夜霜风尽扫秋，田园草色几多留。
无边光景虽稍逊，逸客寻芳趣未休。

杜甫草堂

忍看哀鸿遍野弥，苍生疾苦有谁医？
草堂无奈更时弊，怒向疮痍恨笔诗。

元　宵

万家通夜烛灯擎，绿焰红光比月明。
箫管笙歌千古乐，妙逾天籁宇宫惊。

玄妙观游(嵌名)

玄门细领道精神，妙理常滋始悟真。
观界贵生施厚德，游瞻此地好修身。

姑嫂塔

无情厄运断郎魂，长使双妃泪眼昏。
垒石千辛高塔兀，凭依远眺缅君恩。

泉州森林公园

桃岭春光好沐身，金山情趣最迷人。
幽奇雅境听天籁，空谷观音梵语神。

园　景

晨辉夕彩草花芳，古貌新容互益彰。
人鸟同嬉天地友，清风明月共情长。

晨　练

万缕晨曦一苑弥，轻歌曼舞鸟同怡。
强身健体开怀处，九秩英年不算奇。

状元街

牌坊三道状元彰，古地学风传世扬。
邹鲁文明滨海蔚，先贤启后尽才郎。

游六井孔创意园有感

（一）

曲调清音此最佳，悦声吹遍笋江涯。
千年不朽逾天籁，老迈风光胜少华。

（二）

六井孔园综艺音，佳声直把月宫侵。
嫦娥惊叹吴刚醉，聊慰天荒失落心。

酒楼客

酒香飘过四邻墙，此处酣兴隔壁狂。
同是觞觥寻别趣，何须见笑比红妆。

鸡冠花

翠衣红髻玉容妆，艳夺金秋十里芳。
胜过雄鸡三寸赤，却输鸣晓一声腔。

向日葵

如菊浮金淡雅妆，清高脱俗溢幽香。
甘随骄日朝西转，不遂邪风南北扬。

桂　花

千绿丛中万点黄，巧融秋色绣金妆。
古传原本蟾宫植，甘降人间献晚芳。

赞牡丹

（一）

不倚东风早蕴香，何须春意已红妆。
娇容富贵千般媚，绝色无双天下王。

（二）

数枝娇朵醉双眸，不语传情逗我留。
何再群芳寻觅去，馨香此处最风流。

（三）

独俏天姿立九州，百花低首失颜羞。
当年西子如安在，也会相形感怅惆。

叹屈原

谁人识得楚臣忧，何落家园不复留。
若让忠言王耳入，乾坤早已改春秋。

慰屈原

扬帆奋楫鼓声和，粽酒飘香祭汨罗。
但使鱼虾多善待，君居江海少风波。

欣喜“神十”飞天

一道红光托箭飞，腾空神十叩天闱。
航英又展凌云志，壮揽九霄扬国威。

赞蛟龙号载人潜水器

波浪千重劈斩开，寻奇探秘弋游来。
龙王惊问何人至？列仗相迎出殿台。

品新茶

（一）

南汲甘泉北撷茶，烹腾香味越邻家。
引来良友同高座，畅饮言开到日斜。

（二）

南山新绿蕴春华，自古闻名已迩遐。
最是催人诗梦醒，歌词赞赋走天涯。

观书法展

（一）

遒劲雄浑气若神，书精墨妙又推新。
欧颜笔韵多才子，柳赵毫风出杰人。

（二）

法度端严气势雄，润圆遒媚古香融。
似龙腾跃飘然笔，具妙形神各不同。

蝉

高卧枝头鼓腹鸣，吱吱婉转自多情。
谁人解得其中意？也拨琴弦会一声。

蟋　蟀

悲秋泣露草丛穿，生性乖张好斗缠。
自古王孙蛐罐宠，为人争搏赌银钱。

蜻　蜓

薄翅长腰碧玉睛，啄蚊餐露舞风行。
休嫌点水无深入，及处皆含衍育情。

蜘　蛛

草木房檐洞穴边，丝丝巧织锦花帘。
谁能解得迷中局？何枉成他嘴上筵。

蝶

香须粉翅玉腰姿，惹草拈花绕蔓嬉。
莫笑多情红绿醉，风光有我更新奇。

蛙

胀目鼓腔池底鸣，张狂已把草儿惊。
究其嗔怒因何事？还我家园一片清。

童趣——捕蝉

蝉声绕耳忆童时，常执勾杆攀树枝。
偶得急呼三五伴，遣消空乏逗顽皮。

萤火虫

夜伏草尖花叶荧，时飘空际比繁星。
书童好捕囊中放，巧作灯光照画屏。

瞻仰施琅纪念馆

靖海侯祠仰慕人，思听教诲好修身。
虽无谋面良言领，却得高风启十春。

自　持

莫醉纷华白费时，自寻清境抱书迷。
酒香肴美非真味，淡里交情最有滋。

为　人

窄途留步与人行，便可和谐少不平。
处事宽容多积德，自能消怨得真情。

相　融

地秽常滋百物萌，净流难见鳖鱼生。
人间本具千般品，未必孤身好洁行。

省　事

烦滋祸出起多心，省事则安祥福临。
若按规章人共处，哪方神圣敢胡淫。

相　比

施恩行善小黎民，堪与观音比淑真。
贪利囊私无作吏，不如街市乞怜人。

老知青相会

昔日青春靓女男，而今鬓白皱纹覃。
笑容相会亲如故，谊重情长话语酣。

回首上山下乡务农

（一）

赤足披蓑五尺锄，晨曦微拂稻田梳。
雨淋阳晒春秋复，每日工分壹角余。

（二）

咸菜粥糊填肚皮，抡锄半晌腹空叽。
口粮难济囫囵月，常紧腰绳度断炊。

（三）

拖耙整地插秧苗，我赶你追半折腰。
横纵看齐成一线，功夫凭任老农挑。

（四）

秋风吹得百畦黄，四处飘来稻谷香。
起早挥镰无歇日，知珍颗粒苦辛忙。

步王鼎明诗友《寺外题照》

寺檐高挂几风铃，频借扶摇[1]戏梦醒。
声悦莫讥花树哑，何能敢与比芳馨。

①扶摇：风的雅称。

过吐鲁番火焰山

百里红峰热浪腾，仿如桑拿把人蒸。
何方可借芭蕉扇，好扑炎威凉爽乘。

葡萄沟

沿沟棚架绿藤缭，紫粒红珠欲滴娇。
甜比荔枝香压橘，尝鲜览景客如潮。

坎儿井

少雨苍天奈我何，潜流巧引屋前过。
沙洲灌溉成良沃，粮廪丰饶瓜果多。

贺爱孙"六一"节荣获双奖[1]

雏孙"六一"获双优，更励童心德智修。
勤勉谦恭怀远志，崎途难阻竟风流。

①双奖：是指 1.国旗下好孩子 2.学园魅力之星。

为陈世哲先生
荣获第八届闽南语歌曲大赛铜奖贺诗

酣歌一曲作田兄[1]，声逐沧桑我辈踪。
敢撼雅堂惊四座，铜牌分量比金丰。

①作田兄：是陈世哲先生自己作词、作曲、自唱的歌。

为清禄兄、若兰嫂作嵌名诗

清贫无怨两相恩，禄祚纷呈更睦敦。
若有来生缘再续，兰香还伴喜临门。

赞清禄兄书法

端严清秀逸毫耕，丰厚遒华自老成。
最是书人潇洒处，墨池游刃寄文情。

赞林鸿津先生书法

墨稼笺田几十秋，勤研博采众家优。
形灵势巧神融会，逸气纵横笔力遒。

郭其平先生篆刻印选赞

玲珑心窍指功神，刀笔精镌石焕春。
几度生花笺缀锦，寸章文蕴足弥珍。

看羊年春晚反腐节目《投其所好》

溜须拍马小伊人，附势攀缘伪乱真。
有赖清明澄吏治，公平重焕仕途春。

看羊年春晚反腐相声节目

说唱诙谐讽腐贪，如鞭抽挞暴形惭。
恶丑当让无容地，除弊始彰天宇蓝。

创新泉州——纪念企业家日

八方英彦竞风流，革故推新展器猷。
险道怎拦雄健步，辉煌再塑大泉州。

官聘村六也[1]亭

雕檐绮壁历风霜，若现韶华气派皇。
六也包涵天地道，铭怀后嗣尽才郎。

①六也：语出《中庸》。天地之道，博也，厚也，高也，明也，悠也，久也。

永宁卫

雄伟鳌城气夺秦，封疆镇海守通津。
安危几度轩辕护，共与英豪血染尘。

龙涓好茶（嵌名）

龙牙品正细工多，涓露相烹两味和。
好友邀来高座上，茶香助兴话三箩。

金龙茗香（嵌名）

金叶和泉煮玉津，龙杯挹酌话三春。
茗柯臻品凭高艺，香韵留连几醉人。

举源名茶（嵌名）

举凡勋业忆秋春，源自劬勤历夕晨。
名就何曾初志忘，茶坊创异日趋新。

看建设的新福建

八闽雄才志夺天，岂因初捷步停前。
披荆斩棘新程上，再续神州壮丽篇。

纪念改革开放四十周年

改革兴邦四十春，鹏程勇闯几艰辛。
方酬壮志呈昌泰，又展雄风捷报频。

庆祝七十周年国诞

（一）

七秩神州正鼎兴，为跻强国壮心恒。
梦圆功就民欣愿，击磬欢歌共庆膺。

（二）

今非昔比看神州，百业更新展令猷。
揽月潜洋彰壮举，沉浮我主竞风流。

诚　信

诚信为基养德先，何愁广道缺人缘。
披心相待无轻诺，言重如山足见贤。

贺安平黄氏家庙

忆念宸恩一品彰，时承祖训后昆扬。
三车五箧研精学，喜得英才济族堂。

朝阳中骏(嵌名)

朝乾夕惕卅年耕，阳气贯虹艰棘征。
中景舒荣逾奋发，骏雄宏志远图成。

吴氏宗祠

（一）

吴祠祖德誉声扬，仁育贤明奕代煌。
更喜大魁天下耀，三碑载笔铸雄章。

（二）

画栋雕梁焕族堂，柱联碑记赫鸿光。
延陵衍派多才子，三让始成吴氏昌。

赞南音

南音清丽响山河，雅乐人间第一歌。
敢与钧天瑰宝比，非遗传袭逸才多。

爱孙同游北京

（一）游故宫

髫龄同览故宫奇，金殿丹楼亮眼随。
耳染皇朝衰盛事，平添见识启心知。

（二）登长城

岂因年小惧雄关，坡陡途崎若等闲。
笑傲长城称好汉，从今险阻任吾攀。

孙儿学跆拳道

内外兼修礼始终，跆拳技法志心融。
岂因年小刚强逊，亦学师兄苦练功。

五　律

迎“十八大”——祝愿

常思先辈勇，勿忘继来辛。
勤政承宏旨，为民持善身。
风清千里净，官正万门春。
但愿韶光久，山河日益新。

国　庆

亿民迎国诞，隆庆举杯欢。
万里光华灿，九天云彩丹。
抚今歌盛世，比昔赞奇观。
宏业英才继，江山永久安。

喜获泉州西湖公园楹联全国大赛入围奖有感

入围催奋进，白首惜余辰。
渴取奇书粹，恳求贤达珍。
恒心无绝路，韧力可回春。
哪个攀高顶，不凭坚毅身。

闽南语吟诵唐诗

闽语吟声荡，园林沐雅奇。
开元[①]闲适赋，九日[②]逛游诗。
镜里融佳影，花间洒妙辞。
中原千古韵，有幸我乡遗。

①开元：指泉州开元寺。
②九日：指泉州九日山。

看“泉州第一炮”节目

解颐屏里现，围坐贵宾三。
娓娓风情叙，津津雅俗谈。
诙谐论地北，委婉说天南。
悬口珠玑坠，恭听众耳酣。

茶　馆

（一）

瓷盏新芽上，铜壶涧水烹。
观音琼液郁，佛手玉浆清。
三口烦忧去，五杯欢趣生。
得闲来此憩，人意会茶情。

（二）

碗盛青雀舌，火煮石中津。
室雅多清客，茶香少困神。
举杯尊陆羽，品韵赞观音。
情致饶奇味，一壶三暖春。

（三）

先把龙泉煮，再冲春日芽。
液如仙谷露，色似玉山霞。
醒脑提神益，修身养性嘉。
惬怀三盏尽，乘兴赏庭花。

有感早育机构

早育星罗布，街头广告吹。
课程依美式，教学按洋规。
两岁三经读，六龄千字知。
神乎蒙客至，谁不盼儿奇。

法石真武庙

枕丘濒水立，真武铠装雄。
仗剑山河镇，乘龟日月翀。
神威除泽患，法力佑航通。
高殿玄机握，庭榕亦凛风。

浔埔女

褐衣乌布裤，盘发插簪银。
头顶三更月，肩挑四海珍。
饱经风雨苦，历尽暑寒辛。
腰杆撑天半，红颜硬汉身。

五里桥

敢将天堑贯，石链锁洪涛。
四海商机拓，五洲财运交。
千秋多壮举，百陌尽雄豪。
今日尤当奋，昌明比舜尧。

理发店

虽然毫末技，却是顶头功。
妙剪增君色，巧梳修尔容。
能将苍复秀，可让发苏葱。
多少霜花鬓，皆由老返童。

宾　馆

北往南来客,入门如至家。
楼高宜赏月,苑静好观花。
褥暖眠尤懒,房幽梦亦嘉。
相逢多笑脸,礼待胜甘茶。

图书馆

翰海无疆域,广涵天地词。
能开心髓惑,可解脑筋疑。
笃志唯求是,勤精始得知。
五车方学富,万卷我良师。

画　室

增辉朝日揽,着色彩霞擒。
画虎穿山啸,描龙出海吟。
挥毫雄岳起,泼墨大江沉。
室小容天地,丹青蕴魄心。

环卫工

冬冒寒飔骨，夏承阳暴腮。
帚挥污秽涤，汗淌洁清来。
舍己辛勤奉，为城明秀栽。
平凡书伟大，高德感人怀。

瞻李贽故居

逆道惊天下，狂言为国忧。
腐儒犀笔斥，虚狡厉词投。
心胜梅兰洁，骨超松柏遒。
室空嘉谕在，人去雅风留。

观赏泉州花卉展

百花争俏丽，巧饰万般妆。
可夺三秋色，能传十里香。
娇如西子貌，艳似贵妃裳。
妙景疑春至，谁家不踏芳。

赋诗乐

闲时唯爱赋，嚼句品词香。
笔钝勤心砺，才疏苦志帮。
灵来多意趣，兴至几诗章。
雅俗凭吟鉴，随人论短长。

游　兴

畅怀游览去，尽兴载星归。
觅趣登山道，寻幽叩海扉。
晨光贻妙景，晚彩赋珠玑。
骋目全收揽，随吾拙笔挥。

酒　楼

善操红白事，厨技誉声传。
巧烩三江菜，奇烹四海鲜。
肴馋山里佛，香醉雾中仙。
惬意常萦梦，回头客满筵。

酒

（一）

自古相酬酢，浓情厚谊珍。
迎逢三碗畅，离别一杯亲。
举爵无愁事，倾樽是乐人。
但辞天地噪，尽享此壶春。

（二）

甘醴香之最，还尝瓮底陈。
汁如天上露，味列世间珍。
礼馈邻佳客，觥酬远贵人。
再邀楼顶月，同酌此杯醇。

南　音

琵琶箫管乐，拍板唱声和。
源自唐风谱，融于闽韵歌。
弦音嬉耳鼓，曲调笑梁柁。
长伴金秋月，贻人雅兴多。

书　屋

雅室书香郁，闲来解我疲。
伏台温旧趣，倚凳赏新奇。
兴致悠然笔，情开自在诗。
何愁冬夏复，独享静中怡。

立　春

腊去寒犹在，东风已暖吹。
花开红粉抹，叶发绿衣披。
嫩色邀莺舞，幽香引蝶嬉。
岁新从此启，万类竞娇姿。

春　日

晴烘寒冻解，万类竞欢愉。
着雨花心绽，经霜柳眼苏。
噪鸦争树戏，佻杏跨墙谀。
春暖山川沸，踏青人逸趋。

春　雷

道道银光闪,方圆霹雳旋。
激风调绿野,逐雨润青田。
扰醒千夫梦,催惊万物眠。
启新惟我愿,莫怪吓尊前。

春　雨

潇潇惊好梦,润泽启春时。
雨过天光霁,云开草色熙。
庭前花吐蕊,陌上柳伸枝。
布谷啼声促,田畴赶稼期。

春　分

紫笋含羞露,刺桐悄落英。
桃红双岸灿,梨白一山清。
百物方苏醒,千虫亦复萌。
芊绵知雨意,旖旎见风情。

春 景

雨润花红吐,风和草绿催。
千峰霞点缀,百景日皴开。
莺舞青枝蔓,鸳嬉碧水怀。
万般皆惬意,相竟揽春来。

寒食节

丰年更古俗,旧念换新讴。
家有炊烟火,人无食冷糇。
邀行青草地,集踏紫荆畴。
平日难暇得,良辰尽乐悠。

清明节

(一)扫 墓

雨凄山野默,云抑一天昏。
泪洒凡间客,情牵地府魂。
束花怀懿德,枝烛感隆恩。
教诲犹留耳,永生心底存。

(二)踏　青

插柳新颜续，踏青寻乐行。
丝丝风作意，细细雨抒情。
旖旎春光漫，芊绵草色横。
一年佳景启，莫忘好时争。

谷　雨

江山时雨润，满目绿如波。
柳絮临风舞，鹃喉沐日歌。
清流滋百果，沃壤育千禾。
万类苏新秀，春光不尽多。

春　耕

(一)

三月无闲日，田畴赶铁犁。
耕耘方半月，禾稼已千畦。
秀颖凌清水，灵根入碧泥。
农夫心血洒，暑夏谷盈堤。

（二）

铁犁千顷过，禾绿盖田畴。
根植香泥里，芒摇碧浪头。
深耕苗渐壮，细耨叶逾稠。
待到茎盈穗，满仓金谷收。

暮　春

花俏催新景，燕归巢旧檐。
山川多逸客，郊野少闲田。
季果盈枝熟，时蔬满地鲜。
春光何急去，好不让人怜。

夏　日

（一）

消暑园亭聚，爽风湖面生。
荷香侵逸阁，柳色隔喧城。
吟赋随茶意，敲棋遂客情。
山庄何必去，此地甚幽清。

（二）

六月徂三伏，高温日日煎。
炎烘沙冒气，风热石生烟。
娇客寻凉去，闲人避暑迁。
惟农忙赶稼，汗背正朝天。

夏雨过后

阵雨浇三伏，千畴爽气生。
彩虹连水灿，丽日缀山莹。
啼鸟思春意，吱蝉恋夏情。
竹风邀客聚，博弈比歌声。

立　秋

秋声虽渐近，暑气未消狂。
热日摧花艳，炎风夺草芳。
山茶芽槁赤，园果叶枯黄。
今岁因何故？抬头问上苍。

七　夕

银汉无情隔，难分两地缘。
寸心千绪结，万鹊一桥悬。
遥盼今秋聚，犹思去岁怜。
此愁谁善断？让爱永相牵。

中元节

中元先祖悼，超度祭亡魂。
供果隆情献，设斋高德论。
请僧经解难，拜佛慧施恩。
恭奉香三柱，追思酹一樽。

中秋节

（一）

秋空悬宝镜，皓魄照华堂。
汲盏银河水，拈枝玉桂香。
与茶三共煮，邀月两同尝。
陶乐开天喜，广寒齐瑞祥。

（二）

古今同此月，千里共良宵。
支曲金蟾慰，杯醇玉兔邀。
吴宫呈鹊瑞，汉室享春韶。
相寄欢欣语，好将情愫聊。

（三）

云舒河汉朗，圆满玉盘悬。
彩染三江灿，光皴五岳妍。
家家觥酒举，处处笑声旋。
快乐通宵旦，笙歌伴舞翩。

（四）

一轮千里共，皎洁赛群星。
银彩含蟾魄，金波发桂馨。
甘贻尘世绚，乐守宇穹宁。
但愿婵娟久，狂欢夜不停。

望星空

看箕观北斗，点点两眸过。
四象①千珠布，三垣②一局罗。
宝光连璧月，玉影接银河。
司夜真诚献，长空任尔歌。

①四象：指环绕黄道和天球赤道近旁一周的四个星区。
②三垣：指环绕北极的三个星区。

秋　雨

老天频变脸，转眼又驱晴。
密雨千畴落，浓云百岭横。
来凉阴两午，去暑爽三更。
濯洗还秋色，一年金景呈。

秋　园

小园多雅静，人聚爽凉秋。
临水观鱼戏，倚榕听鸟啾。
庭间歌舞起，竹下笛笙讴。
更有凌霜菊，娇颜逗客留。

暮　秋

（一）

归雁啼声促，飞飘叶落渠。
池中荷报谢，岸上柳呈疏。
蝶影零星闪，蝉歌碎点嘘。
独欣枫叶艳，红染宇天舒。

（二）

清晨千里洁，万物晓光依。
涵露幽兰俏，经霜谷薤肥。
荷枯存旧韵，菊靓展新菲。
歌咏欣天霁，插萸迎客归。

立　冬

朔风歌猎猎，急促早添衣。
地冻山形瘦，天寒鸟影稀。
严霜湮屋瓦，冷月挂窗帏。
乞暖香醇醉，管他门外非。

冬　至

一夜寒流急，苍茫草色颓。
霜凝千古地，风折百年槐。
萧瑟梅含笑，寂寥松畅怀。
幽微呼唤里，冬去又春来。

大 寒

凛冽寒风啸,苍茫色失新。
江河冰似被,原野雪如茵。
众鸟无踪影,群峰显瘦身。
惟梅争出俏,先觉笑迎春。

元 旦

祈福钟声响,天时又启元。
春风迟入户,梅蕊早登轩。
未念多临喜,还求少致烦。
平安堪足幸,体健胜财源。

观元旦焰火

礼弹冲云汉,宵空百幻生。
缤纷花雨落,绚烂伞灯呈。
银彩湮星色,金光夺月莹。
放飞新岁梦,焕我九州荣。

除　夕

（一）

腊尾今宵尽，合家祈瑞祥。
桃符除瘴气，灯彩灿韶光。
稚子新衣着，老翁陈酒尝。
好将元祚会，来岁共安康。

（二）

漏刻时辰赶，新年脚步匆。
举樽盛酒绿，点烛照颜红。
腊去烦愁解，春来喜乐融。
浮生多意趣，何必寿登峰。

春　节

（一）

一夜双年跨，重梳万户妆。
冰消除旧律，梅绽焕新章。
纳福人颜灿，迎春景色祥。
但求来岁续，都是好风光。

(二)

旧岁今宵尽,来年剩几信?
堂前虽语健,镜里早容衰。
去日操公碌,残阴为子疲。
举杯多感慨,节庆念童时。

(三)

一宵连两载,旧月串新时。
老岁余多少,故人还几遗?
常将分晷惜,莫把寸阴亏。
暮景桑榆奋,晚霞争旭曦。

(四)

喜饮壬辰酒,欣迎癸巳春。
年光方去旧,景色已呈新。
宏略昌华国,良谋惠庶民。
廉风从此启,政遂普天仁。

鼠年说鼠

生肖头筹夺,笑登牛背横。
尾灵缠索摆,爪利拨弦鸣。
掘洞尊强将,爬梁号勇兵。
楼堂随意进,何处敢拦行。

牛年说牛

头顶晨光作，归来已日西。
驮粮穿百陌，耕种踏千畦。
背淌南山雨，脚沾东畈泥。
辛劳无怨语，默默自扬蹄。

虎年谈虎

凛风群兽慑，自古奉山王。
劲猛千峰肃，声威百谷惶。
因名增景秘，凭势助狐狂。
野性谁能驯？甘休从善良。

兔年咏兔

蟾宫无药捣，降世草窝皤。
宁舍天庭好，只求人道安。
月华何耐寂，宇敞不经寒。
凡地非仙境，却能随我欢。

龙年说龙

亘古尊神物，臆形威殿坛。
腾鳞天马缚，奋翼宇虹盘。
凌霭穿涛海，横空跃嶂峦。
掌调风雨顺，长佑九州安。

蛇年话蛇

冬至深居蛰，春归破土行。
翠鳞蟠石罅，赤带绕粱甍。
荒漠餐风悍，茫原饮露勍。
古来尊圣物，号以小龙名。

马年咏马

（一）

矫健嘶声震，扬鬃翘首神。
蹄坚腾万里，背韧负千钧。
逐日争朝夕，追风搏苦辛。
同圆华夏梦，共绣世间春。

（二）

古来多少战，热血浴沙场。
赤兔撑骁勇，乌骓辅杰王。
悲歌生死恨，浩叹合离慷。
壮志春秋谱，青碑铸烈章。

羊年说羊

簇享平畴日，白毛融绿芳。
随驱山草嚼，荡牧石苔尝。
灵角能攻鹿，轻蹄敢逐狼。
谢恩从幼晓，跪乳答生娘。

猴年话猴

生性机灵鬼，兽中非等闲。
飞身沟壑过，轻足壁崖攀。
拥树嬉林海，爬藤闹果山。
虎眠吾独大，旷野任横蛮。

鸡年咏鸡

花脸红冠戴,司晨独我勤。
攀栏追跃鸟,逛野号流云。
好胜三郎比,争妍一髻分。
啼开丁酉盛,傲首笑东君。

狗年话狗

嗅敏闻千里,目明尤有神。
待门迎熟客,把道吠生人。
北屋阶前卫,南庭月下巡。
忠诚唯奉主,岂敢苟安身。

猪年话猪

肚圆双耳大,腿短脑瓜浑。
贪嘴粗糠嚼,馋肠杂菜吞。
栏中唯懒卧,圈外喜狂奔。
易养增膘快,何须靠绝门。

玉　兰

琼葩含晓露,瑶叶巧凌霜。
瑞日添娇色,和风益靓妆。
参差飞绿圃,烂漫舞红堂。
自古尊高洁,雅人歌赋扬。

菊

凉秋添秀色,笑傲任风淫。
露叶如凝玉,霜花似洒金。
勾来群蝶戏,惹得众蜂吟。
更把游人醉,幽香脉意深。

蔷　薇

迎风香满径,娇色醉西园。
红白连春发,芬芳接夏繁。
脂容蜂戏舞,翠叶鸟啼喧。
浓艳勾人魄,相观久不言。

桃　花

老枝春雨沐，花放展新妆。
映日舒浓艳，迎风吐郁香。
丹唇滋野秀，白颊泽山芳。
媚引群蜂戏，多情赛女郎。

红　杏

红杏含情笑，繁枝荫老房。
香侵邻宅第，艳越自家墙。
杈上莺啼闹，花中蝶舞狂。
娇姿湮柳色，倩影占梅光。

牡　丹

天下无双艳，风流第一香。
脂颜金缕冠，粉体紫云裳。
晓醒融霞灿，夜眠和月芳。
妖红谁不爱，绮丽醉千乡。

茉莉花

花田栽锦翠,秋早展冰姿。
承露尤娇巧,含霜更素奇。
芳情催好梦,雅韵送佳诗。
常与茶同醉,杯中溢美滋。

萍

也抢三春色,浮青一夜萌。
千星遮岸秀,万点夺莲菁。
空有身流翠,却无根落生。
随风轻薄荡,枉占满塘清。

小　荷

翠盖凌波立,恬然远市嚣。
出淤冰骨洁,濯水玉魂娇。
绰约临风舞,轻盈映日摇。
泽乡舒秀色,来日冉香飘。

山茶花

独隐幽庭俏,何争世上芳。
白团腾雪浪,红簇灿霞妆。
浓露滋高洁,清风益雅香。
不随春意去,韵味自悠长。

刺桐花

瑞木生南国,花开火艳春。
守宫如秉烛,夹道似持薪。
后绿丰年累,先红好运频。
任随天地易,不改树头新。

石榴花

应春枝吐翠,入夏玉丹悬。
沐露张红伞,迎风焕彩烟。
香醇痴蝶绕,色艳戏莺缠。
更引芳心客,摆姿留影前。

荷　花

居泥身未染，高洁靓华塘。
红白皴涟彩，淡浓梳泽妆。
亭亭娇不语，楚楚媚含香。
涤暑清凉送，温馨十里扬。

月季花

南北皆宜适，随缘落地生。
枝头春不老，萼上色常盈。
俏与梅魂斗，娇同菊魄争。
四时舒烂漫，花后古来名。

向日葵

淡雅轻盈态，青红黄色融。
锦苞含暑雨，绿叶拂清风。
冷艳和梅共，幽妍与菊同。
倾心随日转，自在笑苍穹。

桂　花

金粟蟾宫落,清贞妙造芳。
玉枝繁古韵,琼蕊蕴天香。
春发千层绿,秋荣万点黄。
撷来宜酿酒,邀月诉衷肠。

李　花

春暖催花发,一林红粉妆。
清姿晨露沐,淑态晚风凉。
柔色和桃艳,玉容齐杏芳。
娇情羞答意,蕊里恋蜂藏。

梨　花

玉颊无尘染,冰唇巧淡妆。
玲珑含露笑,烂漫沐霞芳。
山野莺为友,田园蜂作郎。
几多缘分结,唯美是情长。

并蒂莲

一茎分两蕊，竞放比娇妆。
影若鸳鸯对，形如翡翠双。
有情从不语，无意却留芳。
自古尊珍品，贻人福与祥。

睡　莲

瑞莲浮泽国，夜卷昼舒张。
泥养妍红影，水滋鲜翠妆。
玲珑冰体洁，绰约粉容香。
飘荡波中卧，酣眠似女郎。

芙　蓉

亭亭张笑靥，朵朵展秋华。
玉蕊盛曦日，金盘托晚霞。
霜侵红粉艳，露浥紫妆嘉。
菡萏如相聚，犹同姊妹花。

腊　梅

百花皆萎谢，唯我献芬芳。
琼蕊舒娇艳，金枝着雅妆。
庭前凌雪笑，野外拒风扬。
生就坚贞骨，斗寒谁比强？

樱　花

花继寒梅后，艳惊三月天。
白容无抹粉，红靥不涂胭。
淑影遮山野，清香染陌阡。
乐将春色衬，自古美名传。

油菜花

一场春雨过，遍野展新妆。
日照千层绿，风摇万点黄。
忙叨蜂采撷，闲逸客留芳。
意恐今时误，相思梦最长。

芦　竹

泽国泥滩殖，茫茫衬景光。
扶疏淹雁影，袅娜展霓裳。
连岸霜花缀，弥天柳絮扬。
向来身骨挺，何惧凛风狂。

江　苇

泽畔随生息，江天是我家。
茫茫腾雪浪，瑟瑟舞杨花。
归雁宜栖宿，还舟好蔽遮。
扶疏妆岸色，婀娜衬秋霞。

竹

霜欺逾劲节，雨打巧成林。
翠叶浮天郁，青竿覆地阴。
贤人邀赏曲，逸士约听琴。
养性崇其品，虚怀看古今。

柳

根老知天候,含芳早占春。
芽尖才点翠,枝上已生新。
与月舒清夜,和风展丽晨。
垂丝多婉约,常倚恋中人。

松

屹立悬崖顶,长歌旷野间。
遒姿云海镇,劲节宇天攀。
无畏狂风骤,何惊暴雨蛮。
山川因我壮,高洁亮人寰。

老　槐

千龄苍劲祖,百岁稚牙孙。
凤尾盘空摆,龙须贯石墩。
绿枝遮寨墅,翠影护山门。
多少沧桑事,吾身自有论。

古　柏

雨霜风雪历，蓊郁荫华堂。
青叶凝甘露，绿心含苦香。
熊腰三汉揽，龙骨十楼长。
根扎嶙峋石，冷观衰与昌。

德化古银杏树

公孙[①]龄五百，遒劲仰天荣。
几历朝兴替，千番叶落生。
随凭风雨肆，任便雪霜横。
自傲嘲山野，寿高谁与争。

①公孙：银杏树从栽种到结果要二十多年，四十年后才大量结果，因此别名“公孙树”，有“公种而孙得食”的含义。能活几千年，是树中的老寿星。

桑　树

暖风初拂面，枝节已抻张。
若网笼春雾，犹篷蔽夏阳。
叶青蚕食乐，果紫妇工忙。
药用全身宝，宜人疗病伤。

戏　院

人生多少戏，锣鼓一声张。
北调歌今秀，南腔唱古芳。
尺台千载历，寸晷百朝皇。
名角来回串，无非几次妆。

书　院

翠柳青梧绕，荷香满院熏。
竹风吹读客，窗月照吟君。
千古书声朗，一堂琴韵纷。
人才难尽数，皆在此方勤。

好　书

好书常览阅，通卷是精辞。
咀雅名言引，含英至理师。
金葩人赞绝，秀藻世称奇。
说古论今道，全然可得知。

笛　歌

朱唇撮一窍，指抚七圆星。
古调萦高阁，新音系雅亭。
清哀澄月默，激朗郁云醒。
高座无空席，众人恭耳听。

品赏李德谦先生书法

四十勤研路，诸精集一堂。
挥毫书峭拔，落墨迹雄强。
似虎犹龙跃，如鸾若凤翔。
神融灵笔畅，独秀卓然扬。

根　雕

原本山中弃，一朝逢识人。
循形彰妙韵，依状突奇神。
巧手孬成宝，精工朽变珍。
高堂添雅趣，胜得几分春。

世界读书日

世人同读日，共此染芸香。
东亚书生奋，西欧学者忙。
跟经研史记，茹古阅今章。
老少齐风发，文明再续扬。

世界档案日

寰球同此日，馆纳八方人。
片语能开智，微文足启新。
兴衰因势易，非是据时甄。
留史存凭在，千秋自可循。

微雕艺术

百般奇艺里，此绝可惊天。
着意尘嚣弃，凝神笔颖连。
丝芒书草篆，毫米绘山川。
巧把宏观缩，微中蕴大千。

对弈

庭前排弈局,黑白两相兵。
妙手奇招运,智心高略生。
过河争楚汉,对阵决输赢。
方寸风云起,三盘论杰英。

墨

与水相融合,烟华一砚香。
沾毫凝玉泽,落纸洒珠光。
妙缀文娱苑,巧涂书画廊。
为君添雅趣,养性健身康。

纸

滑腻如肤润,绵和若茧绸。
笔皴千景丽,墨染百花柔。
旧史凭传递,新章借驻留。
向来多雅士,据此话春秋。

砚

石友[1]山河孕，精华出自然。
凤台毫尽兴，鸲眼墨流连。
同醉春秋月，共陶寒暑天。
古来多学子，就此出英贤。

①石友：砚的别称。

观新人画展

画坛才俊出，力作敢推陈。
墨洒山川秀，毫挥日月新。
笺中多逸气，韵里益精神。
既着先贤色，又开来者春。

投保防险

世上谁先觉，何能占卜殃？
天灾多不测，人祸亦难防。
投保排忧患，理赔还吉祥。
君须时记住，小费买安康。

九仙山气象员

艰难何所惧，坎坷任吾行。
饮露观天象，披星报雨晴。
风灾先预测，水患早知情。
忘我春秋复，高山献赤诚。

侃2008—2013年中国股市

（一）

廿年难长大，原地学蛤蟆。
旧座频更主，新壶不换茶。
股囊张海口，钱袋落山崖。
呼喊谁人理，却听狂嘴夸。

（二）

圈钱何眨眼，此穴为谁开。
济富金条去，杀贫钢棒来。
暗箱闻几乐，明道看群哀。
但愿天公正，让民沾点财。

为“优养轩”题诗

境雅温馨聚，汤灵手掌神。
推摩经脉畅，按压骨筋伸。
入槛疲劳客，出门轻健人。
热情迎四里，不论老和新。

蚁　族

广原山野布，堤岸树根邻。
敢把长虫溃，能将重物抡。
攻坚凭意志，协作见精神。
世上谁强大？须知有我身。

螃　蟹

身披盔甲猛，横道泽湖乡。
体大多支足，肉丰无杂肠。
每逢禾稻熟，又伴菊花黄。
此物尤鲜美，烹来聚友尝。

“更上一层楼”诗歌赛(冠头)

更始晨曦粲，上苍祥气盈。
一川涵百秀，层岭孕千菁。
楼厦黎民乐，诗书学子英。
歌吟今盛世，赛比舜昌明。

仙公山

圣地千姿色，雄奇野秀悬。
峭崖凌壑谷，峻岫隐苍天。
碧蕴丰山洞，林藏白水岩。
灵光玄妙理，淑景有神仙。

观虹山瀑布

湍流天上落，疑是绛河①涛。
白练溜千石，彩虹飞一桥。
拍崖皑雪喷，注壑紫烟飘。
眺望人头动，欢欣幽谷倏。

①绛河：即银河。杜审言《七夕》：“白露含明月，青霞断绛河。”

仰恩湖

长坝拦腰斩,滔流驯服依。
霞光增水色,日灿显山威。
波静随鱼跃,风平任鸟飞。
陶然轻舫荡,尽揽一湖辉。

洛阳桥

千古人钦慕,诗篇赞蔡公。
感天开巧创,撼地建奇功。
石镇江中浪,桥横水上风。
奔潮温驯去,两岸险途通。

紫帽山

紫帽凌霄外,姿奇晋水中。
峭崖晴日煦,涧谷雾云笼。
松韵千般乐,泉声十里钟。
百心①谁解意?便识此山丰。

①百心:紫帽山上有开心、无心、放心、提心、多心等各种“心”字石崖刻百字。

牛姆林

烟云牛姆笼，亘古锁闺深。
松茂山峦覆，柳巍天宇侵。
花园含露笑，竹海沐风吟。
欣与顽猴戏，依依惜别心。

大羽白鹤拳

白鹤雄风起，奇功震宇寰。
劈刀声撼野，挥棍力推山。
老少皆豪杰，妇孺非等闲。
国坛酬壮志，世赛夺魁还。

永春桃溪综治

综治新颜展，还溪碧水绵。
靓园茵盖地，绿岸树遮天。
路畅三都会，堤坚九曲连。
景观生态护，功德量无边。

永春姜莲村

姜莲人智慧，革旧换新妆。
阡陌和风畅，门庭瑞气扬。
名花红岭野，珍木翠山冈。
环秀湖清湛，勤劳步小康。

磁灶大埔村

仁风甘雨惠，革旧换新乡。
树茂排楼绮，花繁曲径芳。
乐厅歌盛世，书室读华章。
老耄居安逸，文明百里扬。

游德化国宝云龙谷

诗友云龙逸，避嚣归自然。
溪间新意发，林下旧情牵。
耳赏莺啼谷，眼观桃绚天。
山乡多变化，何处不春妍。

游德化岱仙湖

仙湖奇岭夹,四处沐阳春。
东瀑千垂练,西潺万滴银。
泉温催客梦,流急撼山神。
十里花香送,三秋忆此辰。

德化文庙

几经兴与废,庙宇更精神。
孔学遵天道,圣言明世伦。
名齐星月耀,德集地天仁。
诲我莘莘子,求知以治身。

乘舟

双桨江波划,孤篷自在驰。
乘风杨渡过,顺水柳庄追。
赏景心尤乐,弄潮身不疲。
笛歌方一曲,已把廿峰辞。

观　瀑

白练穿云泻,琼珠烨烁流。
惊醒千嶂梦,搅扰万林幽。
溅石如烟郁,喷林犹雨稠。
观瞻人赞叹,旷野会声讴。

世纪之村——康美镇兰田村

五洲通贸易,网络展平台。
键引千门客,屏招万贯财。
深谋兴大业,远识造名牌。
有道无疆界,源流滚滚来。

游泉州园林花卉产业园

撩人花树景,翠绿染天云。
榕若苍髯叟,兰犹碧玉君。
香樟繁挺拔,阳木茂成群。
漫步园林逸,陶然美色熏。

霞美镇金山村

金山求发展，知识领先行。
励志文田耨，图精笔圃耕。
宣传更旧路，教育拓新程。
今古方言唱，启人真理明。

梅山镇鼎诚村

四美三宜造，危房旧貌翻。
名花红灼眼，珍木绿连村。
南曲横云畅，箫歌贯耳喧。
池鱼山果盛，户户瑞盈门。

码头镇大庭村

此地文渊厚，英才不尽多。
前贤书海涉，后哲笔山过。
诗藻能堆岭，词葩可积河。
缀乡千色美，世代赞声歌。

观赏虹山乡油菜花有感

春撩田野醒，萌发万花黄。
金色三村灿，华辉十里扬。
浓情沉蝶梦，胜景夺霞妆。
靓女丛中笑，相融美益彰。

罗溪镇后溪村

何因村僻窘，群力百难消。
路坦良朋至，溪疏好运邀。
朗天宜鸟恣，洁境宠花娇。
漫野缤纷彩，山乡醉管箫。

河市镇南塘村

栈道穿南北，田畴左右傍。
豆瓜千顷绿，花卉一园芳。
承露林连野，栉风禾满庄。
得天依惠水①，福祚更悠长。

①惠水：指惠女水库。

石狮灵秀山森林公园

诧紫花争放，层林果郁葱。
凌云松笑日，屹岭桂吟风。
天朗澄湖阔，佛灵金殿雄。
敞怀迎逸客，漫野乐声笼。

平潭岛

东来岚气盛，礁岛散如星。
霞朵浮天染，潮花卷地荧。
凌云峰叠秀，卧岸石涵灵。
古迹千般妙，相彰巧筑形。

鲤城龙岭社区

老区传统继，协力脱乡贫。
策改山川旧，源开日月新。
茶园连叠嶂，果圃覆嶙峋。
史馆铭先哲，承前有杰人。

鲤城新门社区

笋水环区过，绮楼循路蜿。
古音贻喜乐，新俗报和暄。
芳草知人意，闲亭记我言。
爱心无底线，最解老孤烦。

泉港区樟脚村

卵石铺阡陌，斑斓缀古墙。
目中山色炫，足下水声硠。
路转掇奇景，溪回觅雅章。
养生宜选地，必得百年康。

泉港区惠屿村

旷观更俗念，拂旧换新装。
花树丰坡地，鱼虾肥网箱。
水清山色映，境洁日华彰。
且喜今时绩，再营来岁昌。

台湾日月潭

高卧玉山头，宽宏日月兜。
赤霞珠屿罩，翠幕霁峰镏。
湖色缠云鋆，波光曳桂舟。
多娇催客慨，依恋共忘忧。

台湾野柳公园

海蚀天工琢，俏姿千古牛。
蕈岩争岸线，姜石踞潮流。
凿凿蜂窝秀，亭亭烛柱遒。
谁堪奇特比，当数女王头。

台湾西子湾

石礁皴七彩，玉浪拍天帷。
人影平滩覆，鸥声弯澳弥。
眼馋多媚景，心旷尽骄熙。
未了长堤兴，余欢梦里追。

云南泸沽湖

泸沽深谷隐，索秘慕其名。
扬楫随波荡，翔鸥伴客行。
畅游三岛景，祇受一村情。
凤女摩梭舞，歌声醉耳萦。

云南虎跳峡

巨石江心镇，崖巍雄峻持。
横空腾雾幻，卷地激流嘶。
百里溪拦道，千层壑断涯。
足临惊险叹，何峡比瑰奇？

云南玉龙雪山

峻拔穿天宇，巍峨皑白披。
日熙妆雪影，天朗俏峰姿。
为揽千般景，何惊万尺危。
今翁凌绝顶，笑把百龄期。

丽江古城

风情存古韵，声誉久传扬。
倚道楼庭锦，迎门肴馔香。
桥连双岸阜，城续几朝昌。
木府①人何去？威名史册彰。

①木府是丽江古城文化的“大观园”，历经五百年。徐霞客曾叹木府曰：“宫室之丽，拟于王室”。

大理洱海

百溪融一淼，波撼北南城。
上善千畴润，无为万物生。
群峰飞彩翠，星岛落瑶琼。
艳景随缘撷，谁人意不倾。

昆明石林

天工精錾凿，始得众殊形。
溶柱穿空傲，岩林拔地亭。
仿如千树壮，有若百禽灵。
兴致寻玄韵，击敲钟石听。

新疆天山天池

灵山河汉托，天镜半空悬。
曲岸林阴谧，洄波雪影妍。
花香薰翠谷，草色染璇渊。
王母何寻索，时空隧道穿。

新疆昌吉

延展天山秀，呈奇各有形。
丹崖承日绚，绿野溯风婷。
峰着琼苞媚，湖涵瑶水灵。
遗城追远纪，丝路壮歌铭。

观西安兵马俑感赋

号响犹缠耳，凌风漫野旌。
铁骑三百阵，铠旅万千兵。
妙算挥南伐，奇谋领北征。
霸强歼六国，一统九州平。

丝路行

承继张骞志，重寻古昔尘。
秦关云作伴，汉塞雁为邻。
坦步崎途捷，坚心烈日蘩。
同襄丝路盛，不乏我乡人。

访南安石亭寺

古寺岩峤隐，登临结善缘。
僧门通觉路，佛理指迷川。
不染胸襟豁，皆空眼界宣。
若能尘世忘，此地好安禅。

南靖土楼

2018 年 8 月 26—27 日与孙子同游南靖土楼

擂土圆庐起，庞然显赫姿。
啸天阳彩揽，踞岭霭烟披。
樟柱衔祥祉，梅梁集阜熙。
逸居清梦逐，古朴焕新奇。

安溪芦田镇内地村

村迥嚣埃隔，山深楚木邻。
饮茶听往旧，踏径看从新。
撷采林中秀，陶欣世外春。
若其寻宴处，来此好颐身。

芦田梅占茶

梅占云岭植，叠翠接烟霞。
沐露繁金蘖，梳风茁玉芽。
燀烹高品论，饮啜雅人夸。
更有孙文颂，芳声入万家。

道峰聪聪健康长寿(冠头)

贺道峰、聪聪伉俪同享六秩瑞寿

道坎磨坚志，峰回六十秋。
聪灵梳百绪，聪慧解千忧。
健体春盈屋，康衢绿满州。
长程濡沫侣，寿福永相酬。

祖孙情

（一）

周岁孙儿趣，天真偎我怀。
呀声亲老耳，笑脸热衰腮。
秋色何愁尽，春光已再来。
今翁心血滴，明定出良才。

（二）

细心呵护育，时记暖和寒。
相戏公孙趣，同歌老幼欢。
身传贤德学，言教益书观。
但愿雄心树，人生勇克难。

孙儿学步

孙儿初学步，小腿八分开。
颠晃无惊惧，摔跤不泪哀。
十天能迈道，半月敢登台。
坎坷人生路，坚强走出来。

孙儿启智

孙儿开窍早,教话伴诗吟。
细耳听呀语,解颐纠发音。
说图萌智力,游戏启灵心。
学路方攀跋,持恒引识深。

孙儿初学

孙儿乖巧嘴,好喜步人云。
跟学诗中句,随言画里文。
涂鸦三色辨,积木四层分。
跋涉成才路,犹知从此勤。

贺爱孙获泉州小小艺术家“成长之星奖”

彰我文都魅,还看小艺家。
灵心多意境,巧手善涂鸦。
笔缀天真趣,笺生烂漫花。
艺途无止步,谨记学无涯。

孙儿学泳

稚孙初学泳，胆量比阿哥。
挈领沉浮稳，循规呼吸和。
脚丫蹬绿水，手掌划清波。
自信今勤志，明当逐浪歌。

孙儿参加围棋赛

守规相对坐，默想自敲棋。
星点宁心着，纵横灵性施。
无拘宜进学，有谱利推知。
胜负楸枰趣，砥磨修志随。

万达夜景

霓彩妆楼色，摇光幻影妍。
若星天上灿，仿月水中娟。
动画眸中跃，怡音耳里旋。
川流人不息，此地夜无眠。

重阳感怀

今又重阳至，金风送爽时。
登山寻旧趣，临水赏新奇。
身倚苍松劲，心随白鹤嬉。
淡然名与利，何处不神怡。

自　信

自信今生是，管他非语哀。
甘居君子凳，何慕小人台。
心静观云去，胸宽揽月来。
立身风骨在，坎坷也舒怀。

开　怀

何恨年光老，开怀满处春。
静修多益寿，慎语少伤身。
常与儿孙乐，时承戚友仁。
心宽方及远，无愧笑红尘。

众生相

纵观人世道，谁不命中漂。
商贾疲于野，官家奉予朝。
民工劳力瘁，学者竭精操。
还有霜头老，为孙忙断腰。

以文会友

书山常跋涉，有幸遇奇缘。
以德交良友，唯文会达贤。
敢言真实话，不作伪虚篇。
矢志勤劬路，同心力拓前。

为人处事

（一）

知足三蔬饭，不贪鱼肉餐。
沉浮恬荡对，名利淡然观。
谦让人无妒，涵容己可安。
随和邻善处，何怕立身单。

（二）

凡事留余地，忠言勿及伤。
淡交朋谊厚，静养寿辰长。
窄道人先过，佳肴我后尝。
名声随尔论，何必自夸张。

（三）

仰松修晚节，看竹学清风。
寡欲心胸净，无私气量宏。
年高思旧友，岁暮惜寒蓬。
积德多行善，诸祥一屋融。

学　志

（一）

菜根滋味品，古训悟人生。
多习寻真乐，常研得至情。
正言虽不讳，顺耳也能盛。
深理谦虚取，放怀高远征。

（二）

霜首余年少，恪勤朝夕争。
斋灯催漏尽，书卷引吾行。
素志能医拙，恒心足治盲。
不随流俗转，自可得深精。

（三）

暮景桑榆奋，余晖照苦心。
不嫌书道远，无畏学门深。
檐下唐风颂，花前古调吟。
痴情悬日月，翰海乐淘金。

（四）

书途无捷径，苦学始知新。
笔录山川秀，文掇日月春。
圣言能养智，警语好修身。
舍得名和利，撷来天下真。

无 奈

发妻难理解，笑我写诗癫。
常羡他人巧，时嫌吾辈巅。
官高能揽月，囊鼓可通天。
唯独书生戆，文章抵几钱。

学之难

文革[①]黉门废，唯寻自学途。
有恒求我智，不幸遇家愚。
父诧言拦道，母叽心怨吾。
痴迷凭苦志，坎坷奋身孤。

①文革：指1966年开始的“文化大革命”。

莫攀高

攀高须量力，不及易伤神。
何慕他家富，休嫌己屋贫。
居尊非福厚，位贱有情真。
看破难平事，达观修养身。

对　烛

苍脸残光对，相观两慰愁。
闪荧今夕夜，忽暗哪时秋？
你恋千年灿，吾思百岁遒。
谁能牵日月？再把去春留。

小区搏饼

骰子盘中撒，喧哗笑语呈。
一红拈尾彩，六勃揽头名。
乘兴今宵月，追欢昨日情。
百家和睦聚，何在状元争。

银　河

奔腾南北跨，白练跃千重。
如瀑云间挂，似帘寰宇笼。
天兵祈路顺，织女念郎从。
同恨迢迢隔，何时此隙缝？

云

日映华辉曳，风和彩带环。
如烟迷野径，似雾罩峦山。
忽地奔腾急，时而慢步闲。
随心书锦绣，恣意秀天颜。

霞

五彩新晨染，九光西日牵。
金城浮绛绮，玉阁洒朱烟。
锦展千峰秀，霓舒百水妍。
多情神女悦，采片缀衣边。

晨　雾

湿气蒸腾结，晨空百里昏。
闻香花不见，听闹鸟无痕。
薄褛笼新苑，轻纱掩古村。
寻声知远近，慢步自销魂。

露

天帝神浆赐，寒凝草木中。
沾茅珠错落，挂柳玉玲珑。
披月生华泽，迎曦出彩虹。
撷来香醴酿，足可醉仙翁。

霜

一夜寒流急，晓辉银色蒙。
玉光凝树上，珠粉缀花中。
染白低洼草，催丹峻岭枫。
与霞舒烂漫，妙景地天融。

冰 冻

骤冷滔河顿,结凝三尺晶。
昨随舟楫渡,今任马车行。
日照如瑜灿,月辉犹镜明。
隆冬贻晚意,更蕴翌春情。

雾 霾

烟云蒙日杲,千里顿氲氤。
缥缈花无影,霏微柳失神。
天浑山色黯,地浊市容沦。
还我苍穹净,须知减放尘。

杨 梅

五月盈枝熟,红如艳女唇。
甘绵能去暑,酸软好回津。
消食平呕吐,涤肠除痢菌。
性温和五脏,药果两宜人。

葡　萄

西域传奇种，移栽我沃田。
沐风青蔓壮，饮露绛珠芊。
美肉优柑嫩，甜浆胜荔鲜。
晒干亲友馈，酿酒好颐年。

莲　藕

莫愁青叶萎，茎下有玲珑。
水养香根脆，泥涵美味浓。
千丝情不断，七窍意连通。
污浊何能耐，洁身谁与雄？

柿　子①

山岭盘根扎，品多颜不同。
夏初千树蕊，秋末万枝笼。
缀露滋酥嫩，凌冬蓄蜜丰。
身怀灵药富，巧用胜郎中。

①柿子：全身是宝，叶子、柿肉、柿霜、柿蒂都可入药。柿霜可润肺止咳；柿蒂可止呃逆；等等。

橘　子

黄团朱实熟，累累压枝沉。
远望疑悬火，近观犹挂金。
经霜香果嫩，映日玉浆粼。
佳节厅堂供，谐声会吉音。

枣　子

又逢秋好景，红艳染云天。
逸态拥朝日，柔姿揽夕烟。
淋风丹实脆，濯露紫华鲜。
药食皆良果，古来佳誉传。

琴　声

（一）

玉指朱弦拨，悠悠大雅扬。
秦音惊鹤舞，楚曲动云翔。
明月倾情肃，清风逐律飏。
子期灵若在，也会为之狂。

（二）

玉娥纤指抚，弦上泛瑶波。
起落扬清曲，疾徐流雅歌。
怡情娇响婉，得意妙音和。
闲逸恭听客，痴迷不尽多。

看电视舞蹈赛

展袖扬裾舞，柔姿逸态翩。
如龙腾碧海，似凤翥青天。
步逐琴声幻，身随鼓律旋。
新人频脱颖，艺苑正英年。

看电视青歌赛

新秀歌喉展，顿将宾主惊。
灵音犹凤啭，妙曲若鸾鸣。
皓齿春华洒，朱唇秋实迎。
悠扬描锦绣，婉转颂昌明。

玩微信

秒间微信达，何费雁劳忙。
对答如身晤，析疑犹面商。
言多安寝扰，语杂就餐忘。
玩物皆宜度，岂能时日荒。

圈　地

四面高楼崛，良田尚几遗。
临江兜月色，傍岭揽风奇。
千尺腾云畅，百层凌日怡。
居安何不乐，谁念种粮危？

一文钱

一文虽小币，众积量无穷。
可筑千楼立，能催百业隆。
救灾彰意厚，扶困显情衷。
常把丝毫惜，廉风自觉弘。

忆上山下乡

1969 年 1 月 28 日，我响应“上山下乡”号召，到德化县杨梅公社杨梅大队第一生产队插队务农。

（一）

局变黉门废，下乡农活操。
严冬冰水浸，酷暑热风熬。
苦累谁怜问，饥寒自痛号。
思亲难寄信，无奈似羊羔。

（二）

每天随日转，手脚裹泥鳞。
野果填饥腹，沟泉解渴身。
布衣三缀面，胶履两翻唇。
夜里孤灯伴，梦中思远亲。

重访当年知青老屋

破屋苔侵础，沿周竹荫墙。
蛛丝梁上结，蚁穴壁边藏。
厝后花无主，庭前草自芳。
重临思往昔，感慨两悲伤。

老知青相聚

重聚人皆老，油然百感生。
苍颜怀旧事，白发叙新情。
秋水由他去，春风任我盛。
互祈身健寿，来岁再相迎。

蕉

满园新叶发，一展百长笼。
潇洒迎霞茁，娉婷映日葱。
翠旗遮夏雨，绿扇送秋风。
梵语祥和喻，古来人尚崇。

藤

野蔓繁山岭，纤条几丈余。
常攀乔木伴，时附矮岩居。
盘结如绳字，萦纡似草书。
虽无松劲拔，却可韧拖舆。

青　苔

（一）

石藓山阶覆，亘连存旧踪。
鳞鳞铺藻毯，点点织鹅茸。
瑕壁蜗涎乱，青台鹤迹重。
游人轻步履，防滑缓登峰。

（二）

树繁遮古道，匝地发浮鳞。
石面铺青毯，阶台覆翠巾。
蜗牛柔锦聚，蚂蚁软茸巡。
腻滑当心步，温文莫急身。

落　叶

风剪枝头秃，枯黄叶乱扬。
含愁铺石路，落怨覆山冈。
涧碍清流缓，林疏冷峭狂。
何因萧瑟叹，转眼又春芳。

巫　术

绿褂黄袍裹，扮神傩具縻。
占星猜祸福，卜筮测兴衰。
拜鬼阴阳说，祭天妖惑吹。
口呼身手舞，愚昧几人随？

祈神灵

庙小菩尊大，神风四处威。
面迎千语祷，愿遂几人祈。
烛火盈天照，金钱满地飞。
有求何畏远，无事不登闱。

泼　妇

管他天地礼，出口不饶人。
秽语惊三路，淫威悍四邻。
哪知皮脸厚，何惜德行珍。
枉做凡间物，羞来占此春。

乞丐

路上多行乞，蓬头垢面身。
残肢歌旧梦，盲眼唱新春。
饥饿杯羹贵，穷寒一币珍。
高楼繁闹处，能得几怜人。

赌徒

麻将勾人魄，玩钱赌命来。
连呼捞五贯，屡掷失千财。
无惧身家押，没羞裤衩赔。
劳神功业荡，悔恨向隅哀。

说贼

生性行踪鬼，随机作恶狂。
飞身家物窃，快手袋钱抢。
出没无规矩，来回难料防。
文明遭恐慑，还靠重拳创。

网络造谣者

敢把天谎造，胡诌网络飙。
捕风频故伎，捉影使新招。
真实随歪曲，虚无却正描。
何来之大胆，国法岂能饶。

叹不学无术者

颜面三分秀，肢肥有个头。
只知餐饭索，不懂片文求。
心荡荒功业，神摇废夏秋。
难雕如朽木，枉到世间游。

喜祝“嫦娥三号”奔月

火箭腾空起，飞奔月桂坑。
金蟾欣庆贺，玉兔笑欢迎。
万里祥符现，千年吉梦成。
九霄同携手，壮魄普天惊。

贺龙江吟社履新

百年前后哲，继往领骚坛。
文魄疏天畅，诗才掘海宽。
研今淘古醉，摘秀撷华欢。
望远同心奋，励精何畏难。

敬撰海印寺楹联

仰慕登山寺，心诚敬撰联。
句中朱理会，意里释经宣。
梵界融无量，佛膛涵大千。
有情尘世笔，幸系此门缘。

泉州七里庵[1]

灵地重修殿，墩山续古禅。
经楼祥气焕，佛阁瑞云旋。
梵磬悠三界，堂香彻九天。
慈悲尘世佑，好愿赐诚虔。

①七里庵：又名鲫鲤庵、绩里庵，位于泉州市东门外烟墩山，临草邦水库，距市区约七里，故名。始建于唐朝。

莲　理①

冤起珠胎结，被驱街路漂。
红妆空屋叠，翠黛倦容销。
受戒离尘世，诵经居寺寮。
可怜慈母泪，谁断血缘桥？

①莲理：宰相韩琦之母。北宋景德年间（1004），莲理在七里庵出家。莲理原是泉州一富豪的婢女，因富豪年老无嗣，与她暗结珠胎。富豪的夫人发现后，赶莲理出门，流落街头，后在“莲理巷”（现体育场东侧）生下韩琦。接着，母子又被拆散。直至韩琦中了状元，做了宰相，母子才在七里庵相认。

为泉州七里庵撰联

2015 年 2 月为泉州七里庵撰写楹联八对

几番修撰对，立意与禅阿。
七里庵缘厚，千秋史话多。
珠圆扬梵刹，玉洁赞弥陀。
据此虔诚表，心声会佛歌。

喜庆泉州荣获东亚文化之都

（一）

东亚文都逐，泉州喜夺魁。
为民添壮志，振业展雄才。
今日繁华献，明朝锦绣堆。
善谋高远略，频捷举金杯。

（二）

殊荣春雨露，文苑百花开。
众艺交流展，诸华协作推。
传承萌后秀，创建出新才。
合力乡人智，再登高足台。

贺陈琼芳先生诗集付梓

谨讷文田稼，研覃不厌烦。
讲评诠奥理，授课解奇言。
竭虑人才育，殚精国粹宣。
著书薪火续，共创翰林繁。

拜谒施琅将军[1]陵墓

虎窟施陵谒，牌坊逐道行。
三碑彰谕祭，千语载功评。
靖海澎台统，护疆家国荣。
良操来者励，承志满贤英。

①施琅将军：福建晋江人，历任清军副将、总兵、福建水师提督。康熙二十二年(1683年)六月，奉旨专征台湾，统一疆土。

望　海

偶得闲暇晷，临波望海瀛。
连天层锦涌，映日片霞生。
爽气随风拂，欢歌合浪鸣。
舒怀欣远目，思绪万千萦。

读宁杰唱和集有感

仕身儒雅气，忧喜总关情。
引唱华辞洒，随和彩笔呈。
诗风牵国运，辞藻系民生。
几载工余拾，勤心力作成。

论　官

为官须牢记，执政要忠诚。
实意关民瘼，真心察众鸣。
遵章无徇法，守德讲公平。
廉洁贪婪杜，万邦何不清。

食品忧患

谁知餐桌食，入口几安全。
蔬果催生熟，肉鱼防腐鲜。
田珍沾浊水，野蔌染污烟。
整治官当急，莫将民责愆。

赞禁酒驾令

禁令无私徇，开车酒莫沾。
昨时三碗灌，今日半杯嫌。
少有倾情敬，难逢为义添。
茅台虽力劲，不敌法之严。

安倍拜鬼

东瀛多闹剧，安倍屡兴妖。
罔日狼心狠，欺天狗面刁。
暗中奸计使，明里鬼魂招。
正义呼声伐，利刀魔首削。

扰民电话何时休

电话常遭扰，让人无日安。
巧言推股券，利舌荐楼盘。
入网酬金送，存钱奖品端。
商招频变幻，喋喋几时完。

劝诫年轻人

莫把青春醉，等闲人世过。
佳时难久驻，美景易消磨。
今若勤书奋，明无懒骨拖。
此言须切记，道理尽包罗。

敬告骄傲者

莫以谁先后,论资翘尾巴。
无非知略识,何必话穷夸。
气傲人难敬,轻浮自失华。
劝君心性缓,学老到天涯。

嗜赌者当醒

重门昏屋聚,沉湎戏红尘。
连昼撕钱票,通宵损气神。
只知分利重,怎惜寸阴珍。
荡产司空见,警钟催醉人。

赞保持反腐高压态势

铁规钢法示,谁敢再心贪。
猛药医驽马,重拳惩恶人。
去疴康政体,清腐洁官身。
高压成长态,九州年月新。

赞某县府几十年老旧房办公

朴实承贤德，殚精善政司。
城房新貌换，县府旧观遗。
夏不凉风拂，冬无暖气吹。
难能之可贵，榜样足人师。

赞道德模范

默默长年复，无私献赤诚。
扶孤高义奉，恤老素心倾。
殚力操公事，捐资举善行。
铁肩担大道，为国抚民生。

扬传统美德

食糊知稼苦，着锦惜蚕辛。
重义宜修德，轻财可洁身。
常怜饥腹汉，莫笑失途人。
寸力同行善，共襄天下贫。

赞习总在文艺座谈会上的讲话

回首延安路,风操要正行。
涤邪更旧乐,扬善奏新声。
雅立文葩粹,庸除艺果精。
华魂重振作,继往拓高程。

习近平总书记赞

勇担华厦任,筑梦百艰征。
廉节贪夫慑,正心贤达呈。
整章悬玉镜,治国掌金衡。
仁泽黎民祉,雄才奠太平。

赞依法治国

改革攻坚入,国兴良法遵。
规严无序纠,律肃有条循。
正义征邪伪,公平护善真。
腐贪从厉治,重焕地天新。

赞赏《“东亚文化之都·泉州”古今诗词选》

一本千年赋，文都盛史彰。
遗风今貌颂，殊艺绝招扬。
笔彩呈新秀，辞华蕴古芳。
承先添锦绣，再祝老城昌。

赞博学者

案头勤笔耨，几度送星沉。
五箧奇辞索，三车奥理寻。
腹囊才博古，脑海识通今。
谦逊轻名利，唯存敬业心。

赞清廉者

鄙夷炎势附，安分布衣披。
守正除三惑①，遵规慎四知②。
唯信蓬屋朴，最厌酒楼糜。
身外钱财淡，一生清白持。

①三惑：指酒、色、财三种惑物。

②四知：天知、神知、我知、子知。

履

皮柔胶底韧,护足历艰程。
越涧磨沙砾,穿山踩棘荆。
雪淤难碍步,苔滑不耽行。
何畏伤痕累,唯求一片诚。

衣

随季更材质,因人喜好缏。
时装尤脱俗,洋款甚超前。
着锦男儿帅,披罗女士娟。
处优思窘汉,时送暖衣怜。

裙

百缝千纫作,焕女绰姿娇。
扇羽垂纤腿,筒縠搂细腰。
折身云锦洒,缓步彩虹飘。
翩舞凉风引,顿将三伏消。

碗

土火交融制，青花粉彩妆。
形如葵口展，体若笠身张。
百素吾先品，千荤尔后尝。
兴来斟满酒，与客昼宵狂。

寺　钟

子夜禅钟响，腊辞元日生。
回音苍岭荡，旷韵碧空萦。
似警修人德，如规正世行。
催开沉寂梦，晓醒是昌明。

观看马年春晚

（一）相　声

灵唇连巧舌，说唱亮声喉。
唾玉如风驶，谈珠似水流。
哏言寒腊遁，笑语暖春兜。
贻众千般乐，顿消人世愁。

(二)歌　曲

灵音随乐起,清响绕梁柁。
婉转阳春曲,低回白雪歌。
新声扬国泰,老调赞民和。
激越群情奋,九州祥瑞多。

(三)舞　蹈

蹈节和弦律,扭腰绸袖扬。
跃腾如凤翥,翻转似龙翔。
尽兴柔姿媚,宣情逸态狂。
圆台群展技,百艳胜春芳。

(四)小品——我就这么个人

曾经求办事,难倒几多人。
莫忘前时朽,还看今日新。
廉规端吏正,肃法洁衙纯。
但愿能长久,华天少浊尘。

(五)魔　术

巧手随机幻,令宾眸入神。
翻囊无变有,转肘假成真。
挥去浑然纸,呼来却是银。
艺精谁解秘,还问戏魔人。

惠　农

时记田粮事，长怀百姓忧。
党恩三润泽，农惠十丰秋。
活水千渠畅，生机万顷流。
催春良策继，一岁一新州。

渔　翁

（一）

顶笠垂竿竹，颜苍两鬓枯。
香钩招白鲫，芳饵诱青湖。
倚柳西辉沐，坐茅东日濡。
不求箩满物，只钓老来愉。

（二）

悠闲孤钓叟，自若乐逍遥。
网撒东江水，勾垂北海潮。
寒天常赶午，暑日惯争朝。
不为鱼儿醉，只图康寿邀。

莺

出谷迎春日，园林乐不疲。
双飞红杏入，独立翠杨栖。
叶密闻声闹，花疏见影嬉。
小娇多可爱，为景益新奇。

燕　子

戏柳拈花乐，乘风破雾骄。
入楼寻旧主，宿栋筑新巢。
何恋王家富，无嫌谢宅萧。
随和来做客，不必盛情邀。

鹦　鹉

远志虽稍逊，智商谁比伦。
明眸能识主，巧舌善呼人。
答谢清声悦，问安灵喙亲。
笼中尤受宠，常与解烦身。

鹰

钩爪坚如铁,硬翎犹利针。
腾身翻雾海,振翅绕烟林。
敏捷飞狐袭,轻灵狡兔擒。
雄威原野据,猛气漫天淫。

孔 雀

仿若瑶池凤,欢腾戏彩云。
锦衣金色闪,绣尾翠花纷。
扬扇登阶石,开屏择婿君。
逗情娇美炫,直把客魂醺。

鸿 雁

一生求远志,云海逐腾飞。
列阵秋南往,整行春北归。
营巢湖泊就,繁子草原依。
千里传书信,从来不错违。

海 鸥

（一）

沙洲轻捷起，掠水恣飞旋。
腾跃云峰刺，翻翔浪谷穿。
长空多乐矣，茫海少凄然。
劲羽从无畏，雄征险万千。

（二）

雪影腾沙起，双翎博海天。
时而波谷入，忽地浪峰穿。
雨暴尤潇洒，风狂显泰然。
云心高远赴，广阔任翛旋。

鹤

悠步荷塘逸，登高上阁寮。
翎融云彩艳，冠染日华娇。
比凤飞千里，齐龙跃九霄。
仙姿君子驾，作客入琼瑶。

麻　雀

叽喳莺语比，占树夺他巢。
东面农庄恣，南边果苑骄。
无暇春与夏，唯碌夕连朝。
若问何能耐，害虫闻我逃。

鸳　鸯

相偎双翠羽，互逐两珍禽。
划掌花团溅，扬波水沫吟。
草坪同沐绿，柳岸共敷阴。
直到西阳落，意情谁比深。

白　鹭

白羽青灰脚，轻盈步不慌。
清高依柳岸，淡定立荷塘。
寒苇群居逸，湿滩孤捕忙。
山川还我洁，何处不家乡。

鹅

颈曲身丰满，喙黄双目圆。
白毛承细雨，红掌划清涟。
应哨沙洲逛，随竿草地翩。
成群相逐戏，卧伴日光眠。

鸭　子

老叟持竿牧，群凫漫野狂。
土坪虫豸啄，坡地草儿尝。
戴月眠沙毯，沐阳嬉水床。
自然生态育，肉嫩少肥肠。

偷　闲

偶得闲暇碎，应邀成座宾。
回栏观墨宝，曲苑赏兰珍。
壁上诗章妙，柜间泥塑神。
相投言不尽，还望见时频。

赏奇石

状巧天然琢，性通今古人。
苍容奇漏皱，风骨瘦嶙峋。
似马雄浑妙，如龙大气神。
灵犀知世故，识者倍加珍。

白　玉

山璞谁人识，还原见琬晶。
琼脂如雪白，华蕊比冰清。
韫德千秋惠，驱邪百世明。
历来君溺爱，至死不离情。

赏桃花

又逢千蕊绽，艳丽醉春园。
迎日红霞落，随风锦浪翻。
远瞻犹带笑，近问却无言。
暗里娇情送，谁人不断魂。

何谓“做官难”

廉明官本分，何谓做之难。
时记民粮育，常思国俸端。
临财身不苟，行善力当殚。
群吏都如此，万邦皆永安。

纪念抗日战争胜利七十周年

八年鏖战急，正义主浮沉。
慷慨安危置，壮歌生死临。
出奇彰旅劲，乘勇镇倭淫。
铭史抒宏志，国强谁敢侵。

抗战胜利七十周年阅兵大观

铭史庄严誓，和平大纛褰。
雄兵威震地，劲旅势惊天。
铁甲长衢越，银鹰广宇穿。
猷为新老将，道义永担肩。

纪念中国共产党九五华诞

火炬南湖点，光辉赤县天。
镰锤枷锁砸，马列腐陈鞭。
御寇征邦贼，拯民摧洊颛。
挽澜兴祚运，九五正韶年。

纪念红军长征胜利八十周年

二万五长驱，英名举世誉。
草鞋千险涉，胼手百难疏。
豹略征天堑，龙韬克敌墟。
红旗霜野漫，旷绝永留书。

纪念郑成功收复台湾355周年

立志驱荷虏，挥兵克险奇。
蔽空旌旆奋，盖海舳舻驰。
铁血摅良愿，霜戈斩恶罴。
复台家国统，青史永名垂。

怀念焦裕禄

（一）

敢向阎王讨，好人还我州。
一邦兴盛待，百姓困危求。
革故惩官腐，鼎新匡政忧。
中华腾跃起，正盼杰才留。

（二）

蓬门寒苦问，土炕话情深。
踏雪风魔镇，戴星沙恶擒。
殚精彰懿德，竭力见贞心。
梅品千秋范，为官当仰钦。

清明祭悼无名烈士墓

忠魂黄土盖，慷慨不留名。
恸地凄风唳，悲天泪雨倾。
芝兰含敬意，松柏动哀情。
亮节千秋在，高风激后生。

悼慈母

灵台悲诀别，涕泪唤萱堂。
身去容犹在，楼空诲永彰。
仁贤徽范示，淑婉德声扬。
但愿西天净，安然胜故乡。

祭悼岳父母

茔前来祭悼，默祷向天西。
情厚催鹃泪，恩深感鹤啼。
难酬双老泽，怎抑半儿凄。
但愿重还世，长生永不睽。

怀念二舅叶元旦

一生勤跋涉，学富古今盛。
苦志诗田植，劳心谜圃耕。
撰联唯索粹，研史力求明。
留予书三柜，非金可比情。

端午祭

（一）

汨罗千古恨，不朽屈原魂。
宁碎投江底，何全入楚门。
“离骚”情未泯，“天问”志犹存。
忍叹贤臣去，忠言世有论。

（二）

端午帆争渡，翻江屈子追。
怜臣因诤误，笑主被谗欺。
九域同声憾，千秋共曲悲。
逐波杯酒酹，感慨祭心诗。

平心论世

镜里容颜瘦，皱纹铭苦酸。
为公身力瘁，舍己血精殚。
受益常无份，吃亏时有摊。
不平尘世路，坦荡自心安。

自 勉

（一）

人分三六等，嗜好百千差。
岂可闲无度，还须碌有为。
苦中寻乐道，勤里觅真知。
余晷多珍惜，归西少憾遗。

（二）

静里寻真乐，何愁老鬓稀。
书林随漫步，学海任驱驰。
秃笔研新句，苦心更旧知。
明灯常作伴，受益紧相随。

庆“五一”——劳动者之歌

（一）建筑工人

妙手宏图绘，钢腰重任撑。
千间连地矗，百丈接云平。
忘己从无悔，为民却有情。
欢颜寒士庇，我又启新程。

(二)纺织女工

机杼从心转,纤纤十指忙。
银梭编万锦,金线绣千装。
引出丹鸾舞,裁成彩凤翔。
经纶兴伟业,宏志织华章。

(三)煤矿工人

难逢头上日,长别小家音。
钻洞开灰石,入渊挖黑金。
力倾西矿盛,汗洒北坑骎。
温暖千门送,危艰独自临。

《文学港湾》五周年庆贺

五年尖角露,文采北南横。
词苑春光耀,诗坛异彩呈。
先贤抒鹤志,后哲展云情。
妙笔同心缀,高怀步远程。

观《舌尖上的中国》

香甜酸苦辣，五味自然贻。
烧烤油煎炸，清蒸水炖炊。
素餐荤馔美，山蔌野肴奇。
花样随风俗，苍生足食僖。

贺周景洛先生书法展

纸田勤不辍，墨稼几多秋。
怀玉神参入，挥毫意合投。
姿含颜骨秀，体蕴柳筋遒。
庄重无彰媚，书人气质优。

石罅中的小草

为知友陈世哲摄影照作赋

石罅求生息，顽强不屈身。
朝天邀露汁，向岫汲泉津。
细叶寻空茁，须根觅隙伸。
艰难何奈我，苦境自阳春。

山间小溪

此地从何起，涓涓汇一流。
水清沙影露，山秀鸟声啾。
竖岸连青石，横桥接绿洲。
潺湲盘九曲，亘古不知休。

山　泉

崖隙灵泉渗，滴珠拖练长。
穿岩津湛润，落石味甘凉。
汲予烹茶郁，和之酿酒香。
劝君多食饮，此水益身康。

海　潮

道道惊涛滚，层层白雪扬。
拍天吞石堰，卷地没沙场。
势若千军怒，声如万马狂。
苍茫由我主，起落任弛张。

戴云山

（一）

峻峭凌霄立，逶迤镇地雄。
壑分千里道，崖断百层嵩。
飞瀑穿山界，乔松劈雾穹。
险奇增岭秀，骚客雅人崇。

（二）

石壁遗名迹，天池幻影娇。
苍鹰翱绿野，赤雉窜青寮。
无虑溪花灿，悠闲谷鸟嚣。
贻人心境畅，纵与自然聊。

路

世上原无路，先人勇克顽。
长安何畏远，蜀道不辞艰。
竭力征千水，殚心徙万山。
承前多少代，躯血筑阳关。

船

浩渺凭驰骋，惊涛难阻前。
桅开云外路，桨劈水中天。
掇月行三渎，乘曦过五川。
勇为征险恶，横纵八溟连。

永春东关桥赞

巧驭湖洋水，先民智慧多。
虹梁凌绿岸，廊道跨清波。
万里佳人赞，千秋美号歌。
狂风难夺彩，众志复嵬峨。

安平金墩黄氏家庙迁建落成感赋

江夏人文续，后昆尤奋前。
历心兴庙学，役志振家缘。
厚德宗猷济，宽仁族望绵。
同担华夏任，黄氏理争先。

贺第十四届亚艺盛会

文都迎客至，万国艺同煊。
浩唱腾云绕，曼声幽谷穿。
娇姿犹凤婉，逸态若莺翩。
玉指扬丝曲，和音四海连。

鲤城诗会成立二十年庆感赋

廿年扬国粹，薪火几承传。
循古综华撷，骛新纷缛宣。
诗林无捷径，文囿尽蜿蜒。
携手同风发，紧随时代前。

鲤城诗词学会第五届履新感赋

惭幸承薪火，冰兢重任肩。
遵途荣古韵，恪职续新篇。
同为民魂铸，齐将国粹宣。
甘于余热洒，绵力慰先贤。

贺泉州诗词学会三十周年庆

诗家齐庆贺，而立话韶年。
合德清腴赋，同心俊逸传。
研思承古韵，砥志续新篇。
但愿中华粹，英才育万千。

贺鲤城区老年大学建校二十周年

廿年甘露泽，翁妪喜逢春。
雅境陶天趣，温情勃素真。
贻吾松鹤寿，培尔竹梅神。
当惜桑榆乐，常言益惠人。

步和仁山兄《退休吟》

孺牛未敢闲，衰白始身还。
玄馆怀高世，丘园蕴斗山。
唯求蓬屋静，何待桂宫攀。
胸豁沧瀛渺，淡然看宇寰。

步和王鼎明先生《听雨》

润物知时节，如膏泛土香。
洒丝催柳色，垂布焕山光。
万顷田畴醒，一犁农户忙。
天恩新岁启，何处见抛荒。

致东北采风诗友

群才东北逸，寒日作春时。
迥野银龙驭，逵途玉马催。
戗风淘古雅，踏冻觅新奇。
及处皆愉目，撷来都是诗。

清源山百年一遇瑞雪

百载难逢雪，青娥一夜妆。
如梅添树色，似玉衬山光。
揽胜轻车绎，猎奇闲客徨。
琼花灵瑞兆，哪个不争相。

吴氏宗祠

三让垂青史，延陵辈出英。
孝熙民顺善，德茂世承平。
兴学人才盛，修心志事成。
宗门弘祖训，万代业森荣。

赞王仁山会长《昌吉泉州双城赋》

峻笔双城赋，鸿文赫奕悬。
瑰词山海贯，豪句古今连。
七稿凝君血，一碑铭史篇。
才华盟谊奉，咏志照坤乾。

回首兵团岁月

兵团慷慨赴，何惜献韶光。
苦累同舟济，艰危协力襄。
丹心酬懋业，热血铸雄章。
暮岁逾修志，常思少日强。

移风易俗

鼎新更陋习，匡正克邪论。
尚德人情厚，崇文风俗淳。
秉公持善道，律己守灵根。
节俭奢靡戒，和谐禧万门。

赞张坂

焕然乡貌变，不负几艰辛。
农殖田畴阜，网圈瀛海春。
木雕灵入胜，漆艺巧传神。
可喜寻常汉，都成杞梓人。

锦　画(排律)

经纬编锦绣，胜过笔工精。
巧作千林翠，奇梳一水莹。
点霞增谷秀，缀日显峰青。
画里苍松劲，幅中跃鸟鸣。
诱人同赏雅，注目不回睛。

春　山(排律)

(一)

山野春风煦，子规枝上鸣。
层林方滴翠，叠嶂已飘青。
泉唱随心曲，花传着意情。
晚霞辉竹秀，朝日映溪莹。
雾锁悬崖峻，云开壑谷明。
应时掇好景，闲客乐偕行。

(二)

梅岭千岩峭，云门一径通。
树生青嶂里，洞隐翠微中。
流瀑垂深壑，苍松矗湛空。
登高随眺望，笑与日争雄。

元　宵(排律)

夜空如洁洗，皓月耀华楼。
火树千枝媚，花灯万盏柔。
管弦歌富足，罗绮舞风流。
东陌欢声荡，西隅乐调悠。
今宵谁不醉，唯把此情留。

元宵灯会(排律)

灯海人流涌,长衢不夜天。
金龙蟠火柱,银雀戏霞烟。
赤骥腾空跃,青麒入水穿。
彩球辉烂漫,玉女舞婵娟。
难尽今宵好,欢声未觉眠。

广播电视(排律)

风云寰宇荡,卅万秒间传。
四海荧屏会,五洲波线连。
民生焦点访,国计热题悬。
送影播声美,言情叙事鲜。
身居方米室,耳目了坤乾。

笔(排律)

毛锥身短小,却蕴古今奇。
杆掌惊天略,尖萌动地诗。
逞雄征万敌,凝智解千危。
兴学弘文化,安邦定法规。
世间多少绪,有我得心司。

观德化知青书画摄影展(排律)

作品堪称赞,可同专业论。
书功彰峭劲,笔力见雄浑。
镜把秋妆揽,影将寒素存。
画精花欲语,图妙鸟思奔。
艰历修才智,诸华汇此门。

看北京卫视养生堂有感(排律)

名医怀绝技,轮讲养生堂。
善用回春术,灵施济世方。
针砭消百疾,药草治千伤。
功法教身健,食疗调体康。
爱心天下奉,高德九州扬。

西湖公园(排律)

阁揽泉山秀,湖涵晋水奇。
花红馋眼绕,庭雅爽心随。
月色姣桥影,阳光靓岛姿。
树间多健铄,竹下少烦思。
此地桃源比,忘龄同乐怡。

山野逸(排律)

闲来山野逸,濯净世尘忧。
乐荡松�谷,欣玩水石沟。
南峰今韵颂,北岭古风讴。
仗策寻天趣,依岩钓泽鳅。
喧城难及处,尽在此方求。

丰泽云谷小区(排律)

堵疏康道拓,绿化杂污填。
科馆增知睿,书斋育彦贤。
轻歌开泰唱,曼舞驻春翩。
人赞居安逸,鸟喧区洁妍。
和谐邻里处,好景复年年。

普达措国家公园(排律)

此园天造作,秀蔚落滇西。
草甸湖光衬,杉林岭色滋。
深沟通广泽,峡谷曳长霓。
络绎游人逸,往来翔鸟嬉。
抒怀吟笔落,何处不成诗。

榆景感赋(排律)

(一)

转眼过周甲,春光似水流。
历经风雨路,饱受苦寒秋。
曾几扶窗叹,何时抱病忧?
平和生乐趣,淡泊去烦愁。
养性青山荡,陶情翰海游。
莫悲年岁暮,老朽比松遒。

(二)

添岁观嵫景,霜头笑问天。
浮生还几寿,化鹤是何年?
不做糊涂事,只谋明白钱。
腹中无酒气,仅有小诗篇。

(三)

一年春锦启,老朽又添龄。
且喜观朝彩,何愁叹夕暝。
虚怀良友学,恭耳益言聆。
勤把新知索,防痴习不停。

本　分(排律)

常思今往事，回顾道中辛。
耐苦方成业，吃亏能慧人。
心平观世态，气静察言陈。
有德何争誉，无求自立身。
晓知功与过，明辨假和真。
逆境从容对，霜天亦暖春。

闲　逸(排律)

兴致山庄逸，暂离繁市嚣。
轻装登岭岫，陋屋就箪瓢。
风月清幽适，琴书淡雅翛。
垂丝勾泽蟹，拄杖觅陵苕。
倚石朝花赋，枕流同鹤聊。
几多凡苦事，尽在此中消。

雪(排律)

寒流呼啸至,莽莽落纷华。
细若妆身粉,轻如裹面纱。
百阡飘柳絮,万树挂梅花。
剑阁盘银凤,排楼舞白蛇。
普天呈瑞气,又兆翌年嘉。

看杂技(排律)

少年怀绝活,高技比霜头。
顶碗三层阁,爬竿十丈楼。
骑车犹快马,走索似灵猴。
吐火过刀坎,穿墙入壁沟。
繁多难胜数,奇险亮人眸。

上山下乡五十周年追念(排律)

学稼青衿赴，时今五十秋。
回思挥黛耜，难忘驭黄牛。
神爽乘曦作，精疲带月休。
寒溪当浴馆，甘薯是乾糇。
饥渴淙泉汲，病瘥经络揪。
胝肩挑担谷，茧足越重丘。
念旧邀云诉，怀亲望岭愁。
曩踪堪矩范，励嗣苦身修。

官　泛(排律)

小县方圆里，官儿一大堆。
处衔三院坐，科级满街徘。
出入专车护，巡行众吏陪。
知花银俸乐，谁念子民羸。
昔笑侯如粪，今时仿倒回。

叱贪官(排律)

买个花翎戴，顿时身价昂。
昨门人罕至，今日客盈堂。
公帑肥私袋，民膏饱己肠。
一餐豪富宴，三载困贫粮。
何德何能耐，岂容尸位狂。

纪念中国人民解放军建军九十周年(排律)

南昌兴义举，扬纛铁军英。
制胜神威将，出奇龙武兵。
壮猷降万恶，刚勇克千城。
御寇忠肝效，安邦志胆倾。
枕戈聆号令，永保世升平。

父亲节悼父(排律)

十年伤诀别，梦里泪常盈。
缅忆亲仁泽，深铭惠爱倾。
育儿辛半世，兢业碌终生。
矩范乡论誉，良操族谱名。
束香含孝意，杯酒寄哀情。
托鹤捎祈愿，西天亦太平。

七 律

喜庆中国共产党“十九大”

擎旗习总领群才,砥砺前行筑梦来。
坚守初心宏业继,担当使命锦图开。
官廉法肃民多福,气正风清国少灾。
身手不凡孚众望,书新拓展上高台。

中央党风廉政建设赞

铁律严规腐恶征,人心大快仰都城。
推崇俭朴邪门禁,杜绝奢靡直道行。
长籍廉风澄吏治,时凭正气抚民生。
兴邦有赖雄才略,喜盼韶光照万程。

颂杰臣施世纶

骁将名门续杰臣,赤诚时系万家辛。
为官清正匡奸弊,执法严明慑鬼神。
惩腐安良开泰运,赈灾扶困启阳春。
一文亭里佳声溢,德比包公赞世纶。

悼吴一心

上苍何遽夺躯身，长使千门泪湿巾。
正是一心多苦累，方能百姓少劳神。
品如虚竹酬天地，德比芳兰郁夏春。
忘己殚精生命舍，英灵永激后来人。

又闻贪官落马

昨日居尊势匹牛，今时落马狱监囚。
曾倾席上香醇醉，更爱怀中美女柔。
脏手弄权何见怪，黑心捞利不知羞。
若非廉政威风劲，焉得摧枯凛冽秋。

为官时记民生

食俸皆源百姓辛，为官须记爱其民。
一心时系安危事，两耳常闻苦疾呻。
俯首谦恭从善政，挺胸刚正做廉人。
效能如此何忧国，天道长安世代春。

从荔枝想起

古时驮荔急行前，只为珍妃一笑悬。
壳蕴冰肌千朵雪，珠凝琼液百般鲜。
粉唇何念农夫苦，黛颊无思驿使怜。
说史当嘲皇帝谬，莫将香果错风传。

通淮关岳庙

都言关岳庙灵神，慕客行香络绎频。
莫炫三牲多与少，还观一意假和真。
严威总悚奸邪鬼，圣德长安粹善人。
烛火通明连昼夜，众生规矩自遵循。

游“源和1916”创意园感赋

源和百岁喜逢春，文拓商机创意新。
巧构奇招庸变雅，妙思灵作朽成珍。
能呼旧壁摅精气，敢叫颓房焕采神。
宕逸包容天下趣，闲庭醉倒畅怀人。

春　光

绵雨如膏润物生，群峰叠翠瀑泉滢。
娇花无语传千色，芳草有心含百情。
秾柳柔姿莺沓戏，夭桃媚态蝶纷争。
春光及处人憧憬，百业书新指日呈。

春　色

时晴忽雨日光羞，却唤芊芊绿满州。
梨白桃红蜂逐戏，桐花柳絮雀争啾。
寻芳随去皆霜发，得趣同归比少头。
最是多情春色送，又添翁妪十阳秋。

夏　至

（一）

昼长宵短季时更，阳夏正从今日生。
斗柄天持规自转，座钟吾把律孤行。
闲游柳岸晨曦沐，逸荡荷塘夕彩盛。
灵感忽来诗笔落，劳心全忘暑炎横。

（二）

雨晴交替毓山河，乐善天公作美多。
岸色飘青莺闹柳，湖波泛绿鹭嬉荷。
痴心狂蝶花中戏，得意悠蝉树上歌。
云雀欢欣飞燕舞，生灵百态悦声和。

暮　秋

暑去寒来季候更，初冬脚步已闻声。
高天云淡鸿翎急，旷泽芦疏鹤梦惊。
霜剪荷枯湖显底，风摧树秃叶封程。
莫嫌萧瑟无新意，踏野人欢颂晚情。

冬　日

刺骨寒流草木凋，昏云庇日鸟声消。
远山枫叶含红坠，近岭霜花夹翠飘。
凛冽方知松节劲，冰天始见隼姿骁。
何因严冷摧人毅，四处重生创业潮。

腊八节

民间腊八广施粥,谷米果干和煮稠。
皂服赤巾擂大鼓,朱裳玄裹舞长矛。
祭神驱疫清妖域,扬道传经畅佛州。
此习濯尘新日近,好承功德换年头。

梅

傲雪凌霜铁骨铮,舒香吐艳玉心呈。
岩头崖畔芳姿动,院后庭前丽影横。
敢与松筠争气概,能教花卉逊风情。
严冬畏我仓皇去,唤得春回万物生。

水　仙

紧跟梅后素馨呈,又占桃前丽面争。
金盏玉台多妩媚,冰心粉色最柔情。
有如仙子波中卧,仿若灵妃水上行。
靓影留芳虽日短,却还春意一堂盈。

秋　菊

浥露含霜吐丽华，金英玉蕊众人夸。
清香绕苑娇秋日，淡艳环溪媚晚霞。
寒彻芳心姿越秀，风梳粉面色逾嘉。
相观无语诗情酝，好句频来不讳奢。

小　草

不追娇色不求名，随处逢源任意生。
野外郊边芳染道，堂前砌下绿辉楹。
虽无花艳心尤洁，难比树高身愈荣。
何恨秋风悲晚岁，常怀远志送春情。

图书馆

常遇难疑踏馆行，善文佳本脑筋盛。
图林觅宝知贤哲，翰海掇珠启慧明。
默默千章方补拙，孜孜百卷始修成。
几多吾辈怡心事，当数书田果实耕。

看某地结婚新娘

珠宝满头湮发芳，颈悬金链几周长。
身材半截高跟垫，姿色三分厚粉妆。
眉蹙频摹西子秀，步轻初效贵妃跄。
不知人品如何是？莫恃财多淡薄郎。

娇　子

天生有对好爹妈，呵护何须苦累爬。
野蔌荤腥还怨屈，宝车罗锦不嫌奢。
缺才疏道能登第，乏德通关可入衔。
误我卿卿天亦叹，愧他多嘴妄言夸。

无赖汉

日日佳肴饱食终，肢肥体胖脑瓜空。
粗言秽语千声少，雅调柔腔半句穷。
酗酒划拳和月醉，玩牌搓将伴宵通。
无聊混混何知愧，枉到世间人面充。

瞻苏夫人姑庙感赋

六娘芳魄永留寰，长护黎民度险关。
威力驭龙平寇乱，神功驾虎靖倭蛮。
仁贻百里多清净，善泽千村少苦艰。
无字碑前扬赞誉，精忠洒处福音环。

赞环卫工人

未等鸡鸣已动身，披星沐露扫污尘。
苍颜满布风霜皱，粗手饱沾寒暑皴。
何为低微疏远志，更求高尚焕精神。
丹心奉处城容美，遍地文明遍地春。

赞交通警察

金盾生威壮我姿，岗亭雄立导行驰。
三灯亮示车循序，两臂指挥人守规。
一任风刮阳暴晒，几经霜打雪狂吹。
精诚所至平安道，汗洒广衢何畏疲。

赞消防战士

严寒酷暑练兵坚，急难关头奋勇前。
灭火救灾肝胆献，排危抢险血心捐。
长将九域安宁惦，总把万民忧苦牵。
不畏牺牲尊使命，青春筑就壮豪篇。

赞泉州十佳好女儿——吴彩莲

双亲早殁命凄凉，祖母床前侍病忙。
十岁能撑穷汉困，分文善抚弱门创。
三餐稀粥成佳馔，几件粗衣作美妆。
学业无耽勤索智，寒微书写感人章。

教师节点赞教师

寒来暑往教鞭持，甘奉黉门热血施。
粉笔一支兴古学，讲台三尺授新知。
丹心唯愿培英杰，黑发任由更白丝。
昃食宵衣终不悔，中华强盛是吾期。

敬老院

莫叹无儿绕膝行，关怀及处暖春萦。
扶孤济老良知奉，乐善好施仁爱呈。
枯木逢甘思懿德，涸鱼濡沫感恩情。
慈心胜比虔香贵，能让人间少憾声。

广场舞

资深美女若童孩，沐月迎曦踏舞来。
和曲扭腰舒秀体，随音摆臂展新裁。
如莺得意旋琼苑，似燕宣情转玉台。
不老心扉身敏捷，满怀朝气二春开。

莫浪费

果腹须知稼穑难，怜农惜米忆辛酸。
常思荒岁糟糠饭，莫弃丰年素菜餐。
节约成风家有福，奢靡败俗国无安。
凡间大事粮居首，民解食忧天亦欢。

端午吟诗会

二公亭里聚吟哦,别具风情闽调和。
解语庭花随曼舞,能言树鸟伴轻歌。
声惊岸上含娇柳,曲醉池中敛媚荷。
感慨抒怀追屈子,诗篇万古慰江波。

国庆吟诗会

青老诗家聚一堂,今风古韵赋声扬。
曼吟豪兴春波引,浩唱放怀秋色囊。
喜看时雍呈丽藻,殷期世祉洒珠章。
和音雅律同隆庆,共筑梦成中国强。

迎春诗友会

斗转星移启巳年,迎春友会续情缘。
耄翁豪赋腔声正,妙女灵音韵调圆。
曲逐笙箫歌白雪,舞随琴瑟扭红绵。
和诗应律唐风继,对酒酣然笑语旋。

烈士纪念日感赋

无数先驱为理真，牺牲何惧勇投身。
斩蛟擒虎驱云翳，拉朽摧枯启日新。
铁骨忠心留典范，高风亮节焕精神。
今朝举国隆情祭，永激中华后继人。

登鹳雀楼感赋

鹳雀诗章撼九州，催人奋进上层楼。
雄心更改千年律，热血书新万里畴。
德政常温民有福，韶光不老业无忧。
长征方举艰辛步，还乘东风展大猷。

黄河颂

黄河咆哮远山来，气势雄浑何壮哉。
激浪拍空奔万里，惊涛裂岸荡千回。
催生大地无边秀，哺育中华不尽才。
自古人文从此衍，乾坤与日蔚观开。

永春北溪游

北溪幽雅似琼瑶，诗客慕名何惧遥。
方借桃花新事问，又同流水旧情聊。
奇文精彩囊千景，巧画神奇炫九霄。
更向青山求妙句，春光不尽任吾描。

厦门游

时逢朗日爽风秋，旧念重寻鹭岛游。
万石①抒怀千翠撷，五峰②凌志百观收。
筼筜③月色随船荡，鼓浪④涛声伴梦悠。
城若花园馨扑面，沙滩乐趣逗人留。

①万石：指万石山植物园。

②五峰：指五老峰。

③筼筜：指筼筜湖。

④鼓浪：指鼓浪屿。

德化南埕镇

革旧出新环境优，白墙乌瓦起排楼。
花香入户春光驻，岚气临窗景色收。
疏浚长溪财涌进，劈通宽道客登留。
若非良策民生惠，焉有穷乡瑞气稠。

崇武潮乐村文化园

敢搏狂澜四海行，善持犁耙水田耕。
遒书妙画挥毫就，和赋猜谜脱口成。
起步轻盈童女蹈，落棋沉着老翁争。
文开视野商机拓，书记高瞻引远程。

惠安冠升艺术园

他山之石巧工雕，栩栩如生各有招。
慈霭观音灾祸解，善行罗汉苦烦消。
麒麟生瑞乾坤泰，大象升平日月昭。
有得皆能无恙度，求缘造化此园挑。

安溪蓬莱镇彭格村

六图规划旧村更，环境雅幽三产荣。
珍果百般沿路植，奇花千种漫坡生。
翠微山色浮霞彩，碧湛湖波荡日莹。
大爱公园多感慨，凝眸所见尽诗情。

安溪湖头三安幸福小镇

三安光电力扶贫，襄改穷村往日陈。
文创兴农田畈美，科研致富岁华新。
青山绿水欣迎瑞，小阁高楼幸纳春。
再借东风才智展，阶台逐上见精神。

深沪湾地质景观

历尽沧桑诡貌生，谁人踏赏不嗟惊。
千龄虬木凌波竖，万载蛎礁朝岸横。
起伏黄沙舒广漠，延绵红土垒长城。
古来称绝无双地，及处饱含留客情。

六秩感怀

六秩光阴几许愁,何须耿耿置心头。
艰辛苦涩多磨砺,曲折崎岖不怅惆。
日起月沉明至理,春归冬去鉴真由。
闲时乐把诗词赋,笔落灵开翰海游。

公孙乐

与孙闲逛乐天伦,当数园嬉最昵亲。
翘板起沉寻稚趣,秋千摆荡比童真。
同扶摇马兜圈转,共驾碰车抄道巡。
惬意全将年岁忘,仿如回到少儿春。

忆离愁

年方十七别家亲,布履被包千路辛。
沐雨栉风他域月,承寒历暑异乡尘。
离魂时恋孩提事,游梦频牵故里人。
常望星空归日盼,流云最解旅愁身。

论交友

莫炫今时友满堂，推心置腹是何郎？
称兄未必松胶固，道弟也非金石刚。
释冕才知情厚薄，贫身方觉世炎凉。
劝君途顺交朋慎，落魄自明谁谊长。

诗坛交友

二载遥交网上君，未曾谋面识佳文。
挥华吐粹辞源厚，振藻扬英笔意殷。
尝得珍馐难论价，品来滋的可称斤。
诗章宝贵常回味，留作良师不胜欣。

仰俞大猷墓

文才武略气雄浑，跃马挥师护国门。
垂史功高千古赞，横渠德劭万家尊。
一抔黄土埋忠骨，七尺丰碑表烈魂。
驻足犹闻军鼓响，俞龙又令御倭孙。

枫 树

寒侵霜打叶逾嘉，红艳优于二月花。
十里生辉如烛火，一林舒锦若烟霞。
何言萧瑟难留碧，偏借凄清好缀华。
岁晚我来添秀色，又还春景万千家。

劲 松

韧性坚心气傲穹，遒根盘扎缝岩中。
苍鳞鹤骨征狂雪，劲节虬枝战凛风。
峻岭森森千尺壮，高原烈烈百年雄。
凌云揽日英姿勃，翠盖湮埋脚下嵩。

温 泉

只见温汤石罅涓，不知源发是何年。
融春水汩飘银带，映日气蒸扬彩烟。
榆荚同熏清体浊，桃花随浴焕容娟。
金波胜比华清液，畅快淋漓似乐仙。

江　水

一涧源于点滴收，百溪融汇大江流。
成涛翻越秦关过，聚浪飞腾汉塞游。
泽善浓情滋万物，波柔厚意载千舟。
只缘疏浚除灾患，从此人间少虑愁。

珍　珠

圆溜雅致蚌中藏，久泽清波别样煌。
往昔情专投显贵，而今缘广入寻常。
萧妻显靓当胸饰，赵女遮媸对耳妆。
小巧温柔稍点缀，便贻巾帼一身芳。

箫　乐

清声柔韵管中藏，手抚唇吹大雅扬。
飘荡妙音登古阁，萦回逸曲入华堂。
幽鸣惊诧桥头月，娇响醉迷楼上郎。
近水泛舟人亦兴，随哼和拍共疏狂。

上山下乡德化四十八周年回念

（一）

回眸四十八年前，德化山乡去种田。
时念离情儿女梦，常揣别绪爸妈涟。
迎朝工出耕畴土，披夕家还点竹鞭[1]。
老茧黑肤身骨瘦，却磨心志比钢坚。

①点竹鞭：德化乡农把竹子切成一片片的叫竹鞭，晚上用来点火照明。

（二）

阴潮小屋两椅张，木板一铺成榻床。
连壁猪栏三面庇，临门茅厕四边光。
藤萝厝后含珠曼，鸡鸭庭前觅食忙。
山寨虽无城市闹，却贻平静慰孤伤。

敬步王仁山会长《洛阳观牡丹有感》原玉

古来尊宠号花魁，何处芳园不丽瑰。
富贵香颜唐苑落，风流艳体汉宫栽。
暮烟情态含羞答，晓露精神献媚开。
莫恃娇姿空自傲，知恩育尔几多才。

敬步王仁山会长《步和南周兄生日作》原玉

人生如海一飘舟，独领浮沉几度秋。
击楫坦然怀万里，嬉潮自若踏千流。
涛汹裂岸随他恣，风啸惊天任我游。
有幸相逢朋谊结，霜头更惜少年俦。

敬步王仁山会长《港里瞻妈祖林默素装雕像》原玉

慈悲长系远航人，凝视汹涛守海滨。
微力只求天地净，寸心唯愿富穷匀。
消灾济困施恩泽，救病扶伤献玉津[①]。
历代帝王多褒奖，难书神女一情亲。

①玉津：仙药名。《汉武故事》西王母曰："太上之药有玉津金浆"。

敬步王仁山会长《步和奕专兄怀友之作》原玉

常读佳诗景仰兄，随缘唱和似班荆。
几番教正更文误，一语纠偏疏绪清。
笺上洒珠贻妙绝，笔端书锦赏奇惊。
若非今幸良师得，焉有真忱不老情。

步万里船先生读《黄河鸣诗词集之回忆篇》题寄韵

文甚差池难起眼，还求诲语耳边旋。
良师时引多精道，益友常交少拙篇。
日月三千磨意锐，风尘二万励心坚。
深知岁晚光阴惜，何叹当初苦少年。

步万里船（王鼎明）《甲午闰重阳》原玉

何曾岁暮怨重阳，菊老犹存昨日香。
朗咏山川开笑口，酣歌景物涤愁肠。
欲裁天角霞千片，能唤云间雁一行。
名利是非丢脑后，樽前唱和足清狂。

步韵《净峰镇颐年楼》诗一首

颐年高立揽晴空，遥与南山相映红。
笑伴松龄迎丽日，欣同鹤寿沐清风。
华阶福至思情厚，慈室春来念意衷。
倚坐庭前观乐舞，喜从棋艺识诸公。

步和张谋平先生《读黄河鸣诗词集》原玉

山河游览几留诗，最是今生得意时。
观景情抒催锦句，寻幽意入觅华辞。
深知岁老宜勤紧，更感才疏莫学迟。
常盼良师多赐教，益言相送我心怡。

贺华光诗社成立并诗赠吴其萃董事长

人贻财物报维桑，我借光波派上场。
巧揽三春归透镜，善掇千景入边框。
险中寻倩凭豪胆，浑里求真仗热肠。
更喜黉堂多弟子，吴门传艺有殊方。

贺老园丁诗社三十周年庆

而立之年忆历程，初心时系咏言情。
连篇磨琢诗魂展，群彦耕耘笔趣盈。
万化①妙思催粹雅，三多②善道出琼英。
而今役志逾风发，再赋辞林百岁荣。

①万化：万事万物。

②三多：多立论、多读、多著述。

步周焜民先生《题诗赠黄清禄先生》原玉

昔日黉门共志望，而今鬓白忆星霜。
唯凭垂髫芸窗谊，足慰古稀庐室凉。
勤力政坛酬壮岁，研心书道返韶光。
安康你我同欣幸，还酌流霞醉一场。

词

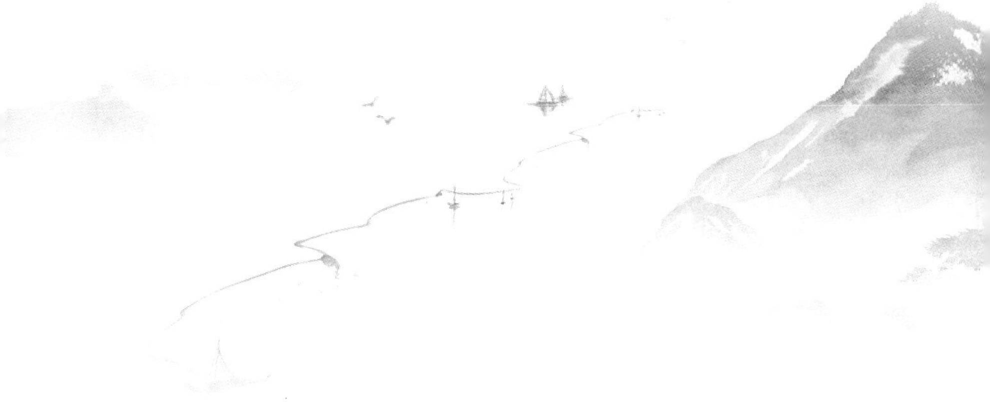

念奴娇·安平怀祖

吾源固始,晋永嘉入闽,卜居黄巷。唐岸公移莆衍嗣,四世巩溪荣旺。宋徙金墩,裔孙千一,泉郡家基创。明朝初载,宗繁安海声望。

六百余稔操持,俭勤为本,善睦怀洪量。长教儿孙诗礼学,祖训家风崇尚。不尽英才,功彰绩显,千古流传唱。愿先人佑,族胞长盛无恙。

渔家傲·围头感怀

昔日硝烟弥四里,英雄悲壮铭青史。摒弃前嫌风雨霁。牵手臂,和平发展开新纪。

两岸"三通"多福祉,渔村面貌翻天地。一港二园歌盛事。三湾喜,千帆搏浪摅宏志。

南乡子·紫帽山

峻峭九霄穿,古道登攀自坦然。旖旎何须寻阆苑,山巅,无限风光在眼前。

金粟洞诗篇,妙笔生辉石壁镌。遍野"百心"多解意,诚虔,自可因人造化缘。

一斛珠·看“粥会”馆有感

朋来何予，五瓢米水锅中煮。一人碗粥清香茹。贫富皆同、谁不食为巨。

粥会沪兴缘有处，丁家盛意开头绪。每周必约同乡侣，食乐而谈，不尽笑声语。

临江仙·洛江红树林

疏密高低滩土殖，遒根深扎其中。任凭巨浪怒涛冲。泰然自若，固坝护堤雄。

落叶坠花分解物，营生百鸟千虫。清淤净化土泥丰。循环养育，万顷展葱茏。

风入松·石笋

兀然石笋镇山龟，千古自居奇。蜿蜒晋水西源发，此萦回、增色添姿。月白风清舟荡，景佳心旷神怡。

清源紫帽岭逶迤，江上过千桅。阳刚卓立生乾气，谶言兴、泉郡祥徽。历代英贤崛起，兴邦济世匡时。

水调歌头·福州乌山

高屹三山首，胜景媲蓬莱。摩崖造像题刻、共伴道亭台。迎面东南麓上，榕树盘根压顶，萧寺址遗苔。舍命桥奇险，千古自豪哉。

傍山壑，涛园秀，雅风来。吟诗作画，骚人各显腹中才。山脊青坪视阔，观看星辰日月，酌酒抒情怀。此地神仙境，清净绝嚣埃。

洞仙歌·杜甫草堂

浣花溪畔，翠竹千竿倩。梅圃楠林坌尘远。草堂前、俯首来拜高风，公虽去，留有诗书百卷。

忆江山历代，垂范骚坛，忧国忧民欲肠断。惦故土疮痍，百姓生艰，多少痛、心言可见。叹力弱、难扶大梁欹，只热血全倾，紫毫当剑。

南乡子·《昔日知青点》影展触感

破旧木头房，饱历风残雨雪创。曾把几多思念梦，忧伤，困厄饥寒带泪藏。

有志少年蹚，不畏艰辛稼穑忙。磨炼身心胎骨换，坚强，从此人生阔步昂。

离亭燕·岁月知青

四十八年飞逝，留下许多回忆。有着真诚而感念，厚重的农乡谊。也有过迷茫、惆怅和思亲泪。

激荡的知青史，曾赋予生存力。培养了顽强不息，敢战万难豪志。也为后来人，竖起一杆旗帜。

河满子·故人重逢

四十年前匆别，犹如弦断无音。辗转多方常问及，始终未果难寻。有幸“知青联站”[1]，帮忙引线穿针。

相会笑容迎对，言欢难表情深。岁月不饶你我老，几多往事浮沉。互庆家安无恙，此生还算宽心。

①知青联站：指德化知青联络站。

蝶恋花·月桂

万古株高根不老，独立蟾宫，何惧阴寒燥。更任吴刚挥斧捣，依然抖擞精神笑。

金粟馨香寰宇浩，甘奉无私，从不丝情讨。愿为世间祥福祷，天庭汉室同歌好。

一剪梅·小草

随处逢缘便是乡，惬意舒张，潇洒飘扬。虽无名分没花香。却不忧伤，自在安祥。

春夏秋冬历暑凉，青满城疆，绿染沙邦。有如君子品高昂。翠不争芳，荣不骄狂。

满庭芳·赏花

微拂和风，轻飘细雨，万类滋润舒新。老枝萌翠，花俏显精神。淡白绯红素紫，群媲美、香气氤氲。蕊珠里，蜂拈蝶戏，难舍此时亲。

游人，行乐至，闲情赏雅，逸趣寻珍。爱柔姿娇态，粉脸香唇。迎日纷纶烂漫，百千媚、齐竞初春。芳心醉，愿同长久，自在解烦身。

离亭燕·裸官

巧让妻儿西渡，财产早移他处。豪宅几秋娇媚宠，不碍青云平步。国帑肆侵吞，饱揽民膏无数。

削我江山之祚，清算乃须当务。多少兴衰青史记，莫忘前贤忠谕。下狠手根除，以保九州长固。

踏莎行·暮春

春暖将阑，夏阳渐显，红花飘落莺低啭。时晴忽雨日无常，老天脸色谁能辨？

欢趣依然，热情不减，韶光美景留人恼。逍遥自在揽山川，开怀逐兴疲劳遣。

千秋岁·初夏

楝花飘坠，洒洒馨香赐。风雨过，原畴翠，竹苍新笋紫，冬麦垂黄穗。生机盎，葱茏初夏犹春季。

快乐游人恣，童稚相嬉戏。湖水畔，亭轩里，清歌翩舞伴，棋落雌雄比。长欢聚，和谐共筑山河瑞。

摊破浣溪沙·秋雨

浇竹敲窗扰夜眠，好端幽梦美难圆。任便潇潇不知趣，顺其然。

晓醒满庭桐叶落，鸦寒偎树雀声湮。却感甘霖来得是，润涸田。

水调歌头·中秋

一载几盈缺，今夜正圆时。云开宇净风爽，皎洁又如期。尽展蟾宫珠魄，洒下光华遍地，朗照继阳晖。顿失繁星色，高挂昊天奇。

玉楼上，金殿外，乐声弥。箫音弦曲，歌舞杂耍使人痴。莫管银盘渐去，依旧欢言笑语，不忍此宵离。但愿神州泰，百姓永无悲。

醉花阴·秋分

又至秋分平昼夜，凉气驱残夏。蝉喑雀稀零，树叶飘飞，水浅莲凋谢。

晴空如洗浮云散，日影斜登舍。此景亦销魂，自在闲游，仿把春风借。

何满子·重阳节

重九登高陶乐,牵情白发成群。一路鸿声穿耳入,经霜金桂清芬。晚菊艳将人醉,茱萸香把衣熏。

返老还童仿若,步轻犹似行云。闲适开怀秋色揽,著成妙赋佳文。但愿明年相会,健康依伴诸君。

摊破浣溪沙·霜降

枫叶霜侵赤染穹,菊花凌冽色逾浓。胜景何因凛秋煞,自从容。

点缀菅茅珠错落,萦缠翠柏玉玲珑。好与岚光相映衬,俏争锋。

南乡子·河市田格里拉生态园

曾是旧游陂,今却浓妆淡抹披。远岫近楼浑似画,沉迷,细品茶香赏景奇。

摄影缕风随,拾翠寻芳乐逸追。不老妪翁童趣醉,心怡,仿若年华返少时。

渔家傲·仰大坪山郑成功塑像

高大雄威骠马掣，挥师东渡征荷孽。所向无前多壮烈。凶虏灭，台湾收复民欢悦。

今日郑公心亦切，英灵感召同心结。两岸鹊桥齐架设。台独截，中华一统坚如铁。

感皇恩·赞纪检精英

铲腐劲风吹，力推山倒，贪吏污痕接连暴。绝无饶恕，老虎苍蝇齐扫。黎民称口赞，同声好。

危壑险滩，阴沟暗道，索底追根不辞劳。为邦安泰，何顾身疲精耗。涤除天地祟，丹心报。

渔家傲·今非昔、不可欺

甲午国殇多少士，卢沟腥血三江积。旧辱未清新恨起。东瀛祟，贼心掠岛嚣声厉。

今日中华非昔比，铜墙铁壁谁能易。笑看蚍蜉狂妄恣。横剑叱，吹灰可荡倭凶肆。

敬步王仁山会长
《破阵子·瞻望郑成功施琅雕像浮想》原玉

跨马英姿勃发，立潮气贯天涯。双杰铁肩担大义，彼岸回归时记怀。心牵澎岛台。

今日阴云又布，东瀛蛮野胡来。承志后昆同敌忾，何惧倭刁浊气排。雄兵十四垓。

敬步王仁山会长
《六州歌头·国际禁毒日忆林则徐》原玉

罂红妖冶，媚压百花株。谁清醒，明之恶，揭其虚。少蒙虞。羞耻当年事，国门蠹，烟土入；愚民吸，身羸困，白银疏。毒贩横行，官腐波澜助，百姓嗟嘘。幸林公振臂，志把九州扶。不畏嵚岖，孽邪除。

点销烟火，国威振，英蛮慑，壮歌摅。民众悟，图强盛，主樯舻。势何如。怎料皇颜变，降督罪，革兵符。甘屈辱，求和议，可悲夫！败局终于难挽，祖宗地，百载蒙污。喜看今日盛，雪耻亿民娱。归璧还珠。

敬步王仁山会长《何满子·过南埕知青忆坊闻同行者》原玉

昔日乖乖年少，令从奔赴山乡。苦累辛酸谁悯惜，弱身饱历沧桑。旧照几张留记，仍含不尽愁伤。

今日重回故地，已都白发苍苍。往事依然翻脑海，让人久久难忘。借问房东何在，才知驾鹤西方……

敬步王仁山会长《桂枝香·鲤城元宵》原玉

花灯熠煜，与月色星光，遥映相续。令千门如昼，艳韶丰足。笙箫弦乐春风伴，满文都、欢歌清曲。彩街神兴，绮楼魂醉，予人温馥。

不寝夜、群嘻竞逐。姹焰火燃天，流金飞玉。狮舞龙腾偶戏，艺殊齐鹜。童谣叟赋同祈祚，愿平安、丝路舻舳。搏潮年少，沉浮自若，又迎朝旭。

敬步王仁山会长《浪淘沙·北戴河》原玉

二十里秦关，洒满霞烟。潮平滩阔漫无边。鸥舞银光腾上下，戏逐帆船。

揽胜上山巅，兴至忱湮。韶华无限改人寰。妙景入眸思绪起，笔激文澜。

敬步王仁山会长《水龙吟·长春伪皇宫》原玉

曾经屏缩龟儿，洋楼加冕愚民戏。求荣卖国，顺从听令，充当傀儡。徒有朝纲，行颁杂乱，尽流污秽。肆膏脂剥剔，饱填寇腹；生灵践，伥邪鬼。

天道岂容诡辟，逆潮流，必将凄异。跳梁鼠辈，挡车螳臂，苟偷难继。倏忽倭降，丧家之犬，投身无地。剩青砖殿阙，如烟往事，让人叹喟。

敬步王仁山会长《换巢鸾凤·访士林官邸》原玉

佳境清幽，恰萋萋翠木，累累红榴。故人遗旧影，昔燕入珠楼。兰庭花苑踏宾稠。假山兀奇，丝丝染眸。巡园景，赏婉曲，笑声敲牖。

风僽。犹记否？凉阁憩亭，随撷群山秀。倚势临尊，仗威施令，官邸镶金铺绣。孤执宸心撼天难，已无余力重归授。功过评，是非论，正史传后。

楹联

泉州西湖公园楹联全国大奖赛参赛联

阁揽泉城秀;湖涵晋水灵。

(注:此联获大奖赛入围奖)

花间无世俗;岛上有桃园。

玉桥月色添湖秀;翠岛风光益苑奇。

鸟语花香清耳目;庭闲阁雅爽身心。

环堤柳色多春意;泛水荷香少俗尘。

湖畔修身能益寿;树间养性可还童。

第二届泉州关帝文化节全国征联赛参赛联

不论三牲多与少;知分众善假和真。

(注:此联入编作品选)

凛凛神威惊宄恶;巍巍懿德庇贤良。

为泉州海印寺撰联

入世须知朱子理;脱尘当念释家经。

天风月色禅堂净;海韵山光梵磬悠。

(注:此联已木刻悬挂于泉州海印寺宝觉书院大门及内厅)

2011—2016 年春联

(注:这些春联用于宏辉花苑大门)

2011 年新春

和风蟠丽苑,处处信迎瑞气;
熙日照华楼,家家笑纳祥晖。

相帮相助德仁里;互敬互尊和友邻。

2012 年新春

玉兔方呈日丽风和年景美;
金龙又送升平歌舞岁华新。

仁厚待人祥满苑;恭谦持己睦盈庭。

2013年新春

万象同祈法肃风清华夏泰；
亿心共祝官廉政顺庶民安。

善良门第春光满；和睦家庭美景长。

2014年新春

银蛇方去犹存灵气增春色；
金马才来已焕精神展日新。

吉苑风和迎五福；华门日灿唱三春。

2015年新春

八马已开万里辉煌壮局；
五羊再闯三春锦绣雄关。

马岁尽心圆好梦；羊年接力拓新程。

2016年新春

羊毫书正气，倡廉反腐金瓯固；
猴棒舞雄风，强国富民玉宇新。

风含淑气笼仁里；日洒祥晖护德门。

题《净峰镇颐年楼》嵌名联

颐楼四季皆春色;年寿八旬正壮时。

晋江市龙泉书院应征联

晋水潇湘齐墨韵;龙泉洙泗共书香。

草庵传教泽,启我三生智慧;
书院炳文光,育乡万世人才。

为诺嘉鞋服有限公司撰嵌名联

诺言有信,兴我千秋业;
嘉履无瑕,助君万里程。

南安市廉政建设应征联

党树新风,推崇俭朴邪门禁;
国扬正气,杜绝奢靡直道行。

泉州市首届“赞家庭美德扬和谐新风家训家风家规海内外楹联大赛”参赛联

毅力通兴路；恒心启慧门。

虚怀良友学；恭耳益言聆。

（注：此联获大赛优秀奖）

谦让人无妒；涵容己可安。

（注：此联获大赛优秀奖）

耐苦方成业；吃亏可慧人。

（注：此联获大赛优秀奖）

苦中寻乐道；勤里觅真知。

（注：此联获大赛优秀奖）

为泉州“七里庵”撰联

禅音和万籁，恩施天地；佛法佑千夫，福泽古今。

晨钟惊梦，劝恶鬼头当缩；
暮鼓醒迷，警贪狡手莫伸。

佛祖从来持正，只遵法理；
禅堂一贯秉公，不徇人情。

厌随流俗，登门问佛，顿可朦消眼亮；
喜伴清风，入座听经，便能昧解心明。

千秋七里庵，赐予许多佛理；
百世万门客，得来无尽真言。

重修梵宇，足下祥光焕起；
再续莲宗，眼前瑞霭腾飞。

庵涵妙谛启人慧；佛焕灵光悟道明。

凭寺青松彰佛性；听经翠竹蕴禅心。

为“昔日知青点”撰联

艰程磨出无穷志；苦日熬来不老春。

春晖曾把山乡染；秋色还将日月皴。

2016 年春联

门迎春意多欢泰;岁共晓光满稔丰。

百福并臻门吉庆;千祥共集岁安康。

茶堂撰联

同淘雅趣频登座;唯爱清香细品茶。

满堂诚纳四方客;十载精研一品茶。

雅堂宜养性;香茗最提神。

为“龙涓”乡撰嵌名联

龙山茶馥宜留客;涓浍泉甘可醉仙。

“海丝”撰联

古港拓新程，八溟友结八方益；
文都圆好梦，一路畅通一带荣。

驭四海波涛，兴千秋伟业；
揽五洲风月，书万卷华章。

为金墩安平黄氏家庙撰联

（注：这些对联镌刻于黄氏家庙石柱）

祖耀千才茁；族和百业昌。

金脊天时应；墩台地利符。（“金墩”嵌名联）

与仁作友荣途畅；崇德为师景运开。

俭勤为本弓裘嗣；箴教有方诗礼传。

擎天朱旆祥云揽；承日华祠紫气衔。

其他楹联

族兴无弱汉;家旺尽雄才。

石奠新基延道脉;梁撑壮业聚财源。

为亲友撰嵌名联

为清禄兄撰嵌名联

清新登雅室;禄祚致贤人。

清和昆永葆;禄祉世常存。

清安昆裔惠;禄吉世家承。

清名一世如悬月;禄位半生似过云。

清新常驻怡心室;禄寿总贻贤德人。

为若兰嫂撰嵌名联

若淑嘉风在；兰芝美德传。

若[1]芳戚友千声誉；兰泽儿孙百世荣。

①若：古书上“若”即“杜若”，是一种香草。

为堂兄清禄、堂嫂若兰撰嵌名联

清誉长馨培淑若；禄祥永泽茂芝兰。

为堂弟永禄、堂弟媳丽燕撰嵌名联

永贞丽富裔昆惠；禄祉燕安家第临。

永昌丽景家声盛；禄祚燕宁德泽长。

为堂姐夫玉波、堂姐惠聪撰嵌名联

玉心无我仁慈惠；波碌唯他疾苦聪。

为堂侄祺祺、堂侄媳梦龄撰嵌名联

祺福家宁圆绮梦；祺然体健享韶龄。

为堂侄黄旸、堂侄媳小芳撰嵌名联

黄敕光前无懦小；旸途裕后尽贞芳。

黄华[①]何惧霜欺小；旸谷尤信霞衬芳。

①黄华：菊花。

黄河搏浪藐潮小；旸谷揽熙赞业芳。

黄鹄凌志九霄小；旸谷腾辉百业芳。

黄山敢越，何言懦小；旸谷勇攀，始见贞芳。

黄山越过知丘小；旸谷踏来识珥芳。

黄家有训当循，知扶老小；
旸谷无私可慕，须惜年芳。

黄家谆诲启髫小[①]；旸谷祥晖绚碧芳[②]。

①髫小：幼小。

②碧芳：青春。

为堂侄女黄如、堂侄婿灿辉撰嵌名联

黄道吉姻堂蔚灿；如心燕侣岁荣辉。

为"谋池"撰嵌名联

谋善德高荣百岁；池灵泽厚福千秋。

河鸣、兆琍自撰嵌名联

河泓有赖兆京汇；鸣响始知琍玉分。

为弟河宁、弟媳美恩撰嵌名联

河清正影好修美[①]；宁淡[②]陶心乐缀恩[③]。

①修美：意修善、行善。

②宁淡：宁静淡泊。

③缀恩：意联络亲族感情。

为大妹婿长宏、大妹晓红撰嵌名联

长厚[①]馨传门共晓；宏通[②]德泽业当红。

①长厚：意恭谦宽厚。

②宏通：意心胸开阔，通情达理。

为侄儿斯颖、侄媳玲燕撰嵌名联

斯礼玲珑千绪理；颖聪燕婉百年偕。

为泉州第一医院许荣誉副院长撰嵌名联

荣愿予人瘝痛拯；誉声为我苦辛歌。

为许荣誉副院长、陈文医师伉俪撰嵌名联

荣称陈举钦高品；誉德文彰赞妙医。

为德谦陈玲伉俪撰嵌名联

德馨徽范陈玄载；
谦雅明师玲铎扬。

为金生丽玉伉俪撰嵌名联

金彩丽文书骏业；
生贤玉誉立鸿基。

撰霞洲妈祖宫楹联

霞洲奉祀，圣迹长昭双岸系；
台岛扬灵，慈云永布万缘通。

石狮楹联研究会五届成员就职典礼贺联

贤人五届风骚领;雅句两行锦绣呈。

“大美晋江·法治同行”大赛参赛联

国法如天,维正义,惩凶扬善;
民心似秤,论公平,明是识非。
(注:此联获大赛入围作品)

万里青天鉴,谁敢徇私枉法;
一身赤胆披,何难勤政抚民。

祝贺安海雅颂南音社先师黄禄树诞辰130周年暨安海石狮2016南音大会唱“禄树”“雅颂”嵌名联

禄德纳贤,朝曲宵歌传衍千年艺;
树声撷粹,丝鸣管语萦回五里桥。

雅曲婉谐湮万籁;颂箫和畅醉千宾。

2017年春联

（注：含宏辉花苑大门联）

五福临门人益寿；三阳会苑岁添芳。

勤于岁首方兴业；礼在事前堪睦人。

鸣鸡破晓书新景；爆竹启春展瑞图。

猴年描远景，千畴昌瑞至；
鸡岁展宏图，万户福祥萦。

“广电网络杯”原创春联应征联

雄心智造，技艺五洲赞；巧手创新，品牌四海名。

山水田园，境美贻人乐；工农渔副，业荣壮市雄。

为泉州市保险协会撰联

一理调和甘雨泽；多元解惑暖风熏。

纪念郑成功收复台湾355周年联对

凭义魄，揭旗亮剑狂荷伏；
仗忠肝，斩棘秉耕颓岛兴。

忆郑公，昨时战胆勇驱荷，台归双岸合；
跟习总，今日壮心威扼独，国统一中持。

为德化戴云寺撰联

当年参妙道，修励青山志；
此地蕴真知，涵濡赤子心。

为晋江下游生态整治工程撰联

（一）茶文化篇

观音贻韵萌佳趣；佛手留香涤俗情。

瑶觞千具，尤喜银羊角；琼液百般，唯酣金骏眉。

（二）陶瓷篇

精雕细琢呈奇，不殊景德；
釉彩粉光作巧，岂逊醴陵。

(三)石雕石刻艺术篇

唤起灵心施百艺;錾开顽石出千材。

(四)古建篇

出砖入石,施功在巧;翘脊重檐,创筑于奇。

石砖垒起千年厝;蚝壳砌成百彩墙。

(五)祖训篇

严戒奢华承祖训;崇扬俭朴树家风。

品如虚竹酬天地;德比芳兰荫子孙。

(六)戏曲篇

南　音

源自唐风,弦音嬉耳;融于闽韵,曲调怡心。

提线木偶

跳滚翻腾,施奇双掌控;吹弹歌舞,展绝几丝牵。

人施百艺,小台巧控;偶幻千姿,细线奇牵。

梨　园

园融三派，翩跹今古戏；调衍七声，婉转地天歌。

拍胸舞

扭摆拍胸，醉舞彰奇绝；跪蹲踢足，痴颠隐妙神。

（七）民俗篇

浔埔女

头顶三更月，饱经风雨苦；
肩挑四海珍，历尽暑寒辛。

元　宵

花灯万盏风流夜；火树千枝富贵春。

闹端午

鹿港舟，竞出五缘洽；蚶江水，泼来两岸欢。

（八）宗教文化篇

天后宫

百世护渔慈面佑；千秋引舳善心祈。

(九)海丝篇

海骋千帆,互通互惠;丝连万国,共济共荣。

晋水商通四海,同繁盛世;
泉山睦结五洲,共创华年。

贺泉州市楹联学会第五届履新

前贤峻笔抒宏志;后哲妙联展大风。

为“丰迎轩”书画馆撰嵌名联

丰撷乾坤瑞;迎承日月华。

2018 年春联

(注:此处含宏辉花苑大门联)

金鸡秉信,已呈酉岁千门祚;
玉犬摅忠,还守戌年四季安。

辞腊雄鸡呈瑞岁;迎春灵犬兆丰年。

撷来梅韵添家泰;借得春光益岁昌。

撰德化知青点乔迁门联

门迎紫气韶年返;屋纳祥风暮岁疏。

“崇德向善”主题新春联

扶孤济老彰贤德;乐善好施奉爱心。
(横批:大爱无疆)

节俭成风家有福;奢靡败俗国无安。
(横批:崇俭杜奢)

太平有象歌新日;乐事无边赞禧年。
(横批:国昌民禧)

贺十九大胜利召开联对

为国复兴担使命;替民积福砺初心。

为黄鹤堂伯公撰碑联

师道嘉声承祖考;竹书懿范励荪兰。

黄钟鸣百世;鹤篆炳千秋。

“灵慈”嵌名联

灵承先祖睿;慈佑后昆荣。

“清源”嵌名联

清良堪作范;源洁永留芳。

为“德润产业园”撰嵌名联

德厚施仁,何虑宏猷难展;
润丰行善,怎愁骏业不兴。

2019年春联

(注:此处含宏辉花苑大门联)

腊梅香郁早春启;爆竹声喧首祚临。

梅报嘉时人上寿;春开祥景岁登丰。

春来紫气随,千里时雍①共享;
岁转祥光至,万门世祉②同临。

①时雍:时世太平。

②世祉:世代福禄。

春　联

为人慈善三多[1]报;处事谦恭四益[2]臻。

①三多:多福、多寿、多子。

②四益:益言、益事、益文、益友。

世际雍熙民共祉;时逢鼎盛物偕荣。

三春美景梅花启;四季嘉猷爆竹宣。

梅花着意一元始;春色有情万物荣。

庭前梅萼传春信;门上桃符换岁华。

入户祥风贻岁稔;倚窗瑞日报春熙。

和善当先遵礼乐;俭勤为上嗣箕裘。

德门春露沐,又得三阳瑞气;
仁里暖风吹,重开四序祥光。

“纪念改革开放四十周年全国楹联书法大赛”参赛联

几代伟人，壮志兴邦，革图易虑新篇启；
九州俊士，雄心报国，夺隘攻关捷报频。

惩腐倡廉持善政，赞声响彻三千界；
富民兴业树嘉风，乐事填盈四十春。

“泉州市庆祝改革开放四十周年全国征联大赛”参赛联

四十艰程健足登，造妙泉州模式；
百千难事雄心克，创优中国品牌。
（注：此联获大赛入围作品）

爱拼硕果盈，世界名牌履创；
能胜丰功著，国家强市频登。
（注：此联获大赛入围作品）

架十桥[1],兴骏业,名城亨路达;
建五港[2],步鹏程,热土盛时逢。

①十桥:泉州大桥、笋江大桥、顺济新桥、刺桐大桥、沉州大桥、后渚大桥、晋江大桥、泉州湾大桥、黄龙大桥、田安大桥。

②五港:湄州湾南岸港、泉州湾港、深沪湾港、围头湾港、斗尾港区。

为南安英都镇古竹岩寺撰联

独守纯诚禅味得;自居清静道心参。

为南安石亭寺撰联

朗天扬梵响,弘吾佛法;
幽境隔尘嚣,修尔禅心。

有容有度,便能明达人情冷暖;
无欲无求,自可看开世事沉浮。

贺崇武楹联学会五周年庆

五载精耕，撷英集萃联花艳；
两行细琢，扬古辉今文骨馨。

贺金井诗联社履新

雅怀无俗，诗骨生馨传古韵；
妙笔有神，联葩焕彩汇新声。

庆祝中华人民共和国七十华诞征联

砥砺精神，七秩擎旗开胜局；
秉持信念，九州逐梦续新程。

七秩丰功铭史册，方奠兴邦大业；
百年美梦慰乾坤，始成强国宏猷。

历险艰，改革拓新程，七秩丰功铸；
呕心血，鼎兴扬特色，百年美梦圆。

诗词创作体会

灵感是点燃诗词创作的火花

灵感是认识的飞跃，是一种客观存在的创造性思路。在潜意识受到相关事物启发时灵感可能出现，特别是在思想高度集中，情绪高涨时更容易表现出来。而且，你对客观事物的感情越深、越真、越兴奋，你的灵感就越多，感悟能力也就越强。多年来，我总觉得要常出去走走、看看，常接触生活实际，让感觉产生激情，才能燃起诗词创作的火花。

要激起真正的灵感，就应先有一个明确的内容。我们要对眼前的自然景色，身边的百态事物的亮点，都能善于捕捉，仔细观察，准确把握，使之融入心灵，在想象中抓住它并用艺术的方式去表现它。

灵感是可以培养的。根据自己多年的诗词创作实践，我有以下几点体会：

一、诱导产生的灵感，即以接龙、冠名、看图等形式作诗产生的灵感。这种灵感就是受人与人交往中的某一语言提示，人与人感情交流上产生的共鸣，和对所接触文字含意的理解，以及对自然界中某一景物意象的启发而得到的。如：在中国诗联论坛接周文骞先生“三杯美酒一篇诗”句时，我顷刻就来灵感，马上接写：“三杯美酒一篇诗，不比猜拳赛赋奇。曹植当年行七步，吾今脱口已成之。”又如：为知青同学林鸿津作“鸿津书画（冠头）”诗时，我就根据他几十年里对书画艺术孜孜不倦，刻苦自学，而小有成就的结果触发而赋：“鸿儒怀远志，津径几艰行。书艺雄浑见，画功神韵呈。”再如：为一表亲“燕子图”作配诗时，我又根据画中的意境构思。写道：“戏柳拈花乐，乘风破雾娇。入楼寻旧主，宿栋筑新巢。何恋王家富，无嫌谢家萧。随和来做客，不必盛情邀。”

二、与诗友间通过诗词唱和产生的灵感。唱和形式多样，特色各具，既依对方的意、情、韵，又体现自己的个性、文风。这对诗词创造灵感的触发以及在诗词交流中所体现出的豁达、坦然的人生态度和怡然自得生活情趣的培养大有裨益。如我在步韵王仁山会长《洛阳观牡丹有感》中写道：

“古来尊宠号花魁，何处芳园不丽瑰。富贵香颜唐苑落，风流艳体汉宫栽。暮烟情态含羞答，晓露精神献媚开。莫恃娇姿空自傲，知恩育尔几多才。”又如我在步韵王鼎明先生《甲午闰重阳》写道：“何曾岁暮怨重阳，菊老犹存昨日香。朗咏山川开笑口，酣歌景物涤愁肠。欲裁天角霞千片，能唤云间雁一行。名利是非丢脑后，樽前唱和足清狂。”

三、环境体验中产生的灵感，即到所想表达的环境氛围中而获得的灵感。如：我在出差、旅游、诗团采风时，一些在家想写却写不出来的，置身乡间野外，诗情便油然而生了。从中展现出人与自然和谐相融的图像。这些图像虽环境各异而显现不同的色调，但都有同样鲜活的生命形态，都涌动着生生不息的力量。我之前出版的诗词集好多都是即景、即情而作的，如：到西藏旅游，登上海拔五千一百九十米的那根拉峰顶时，心情非常激动，随口拈作：“甲子之龄上雪峰，五千巅顶独为雄。暮情犹比当年少，自信今生老耄逢。”又如：在海南岛三亚大东海潜水时，海底世界的神奇深深地吸引了我，我便即兴在岸边作了一首：“浪静风平万顷清，海门开敞任吾行。鱼虾领路龙王见，共举金樽话晚情。”

四、自然万物赋予生命的灵感，即把自然界中一切有生命和无生命的物象都看作有生命的、有情感的、有思想的。如我从知青老友陈世哲的一张摄影里得到了灵感，创作了五律《石罅中的小草》："石罅求生息，顽强不屈身。朝天邀露汁，向岫汲泉津。细叶寻空茁，须根觅隙伸。艰难何奈我，苦境自阳春。"我以这一小草的形象来比拟当年我们这一代知识青年在上山下乡中，吃苦耐劳，不畏艰难，拼搏奋发的精神。

五、形象思维产生的灵感，即含蓄婉转，以曲隐之。要写某一事物，又诗中不直言其名，既隐其身，又用具体形象来表达抽象深刻的思想感情，抓住那些与激励自己心灵相联系的典型事物形象，在头脑里进行酝酿、揣摩、提炼，使之化为能生动地表达自己思想感情的形象化诗句。我在写一些花花草草时，常采用这种方式，如在《萍》一诗写道："也抢三春色，浮青一夜萌。千星遮岸秀，万点夺莲菁。空有身流翠，却无根落生。随风轻薄荡，枉占满塘清。"又如我写《桂花》："金粟蟾宫落，清贞妙造芳。玉枝繁古韵，琼蕊蕴天香。春发千层绿，秋荣万点黄。撷来宜酿酒，邀月诉衷肠。"

六、意象思维产生的灵感。意，即人的主观思想情感，象，是指客观事物，我通过二者结合，来培养和强化想象力，抓住事物最能体现形态、性状等方面的一两点来描摹、刻画。如我写《鸡冠花》："翠衣红髻玉容妆，艳夺金秋十里芳。胜过雄鸡三寸赤，却输鸣晓一声腔。"又如我写《向日葵》："如菊浮金淡雅妆，清高脱俗溢幽香。甘随骄日朝西转，不遂邪风南北扬。"

培养灵感思维当然还有许多方法，这要根据每个人的思维习惯有所侧重地去选择。这篇文章，仅作为个人的一点体会，供大家参考。

诗词创作应体现时代精神，弘扬正气

弘扬中华诗词这一中华民族的艺术奇葩、文化精髓，就是要在认真传承先贤们长期创作过程中千锤百炼而成精华的基础上求发展，在内容与形式上注入时代精神，赋予时代特色，才能不断激发其生机和活力。

一、贴近时代。题材可涉及到时代生活的各个方面，有伟大事变、党策国计、社会发展、科技进步、文化繁荣、民生社情、真善美、假恶丑。这些都给我们提供了丰富的创作题材，只要我们细心观察，认真发掘，对材料加以提炼、升华，就可以出新、出特色，以与时俱进的艺术感染力让人产生别趣，得到审美的享受。

二、抒发时代情感。诗词写性情，以真切为上。我们要抒发自己的情感，抒发自己所处时代的情感。而时代的情感是非常丰富的，是多样化的心境感悟。它涵盖着国情、家情、亲情、友情、同学情、同事情,有豪情壮志,也有儿女情长;但最终都应是直面时代,讴歌生活,弘扬主旋律,体现正能量,汇成时代佳音,表现出时代的内涵和精神。那些卿卿我我的柔情诗、自悯自怜的忧情诗、吟风弄月的寄情诗,虽也可倾诉个人情感,消愁解闷,无拘无束,自娱自乐,达到宣泄情绪,平衡心态的效果,但总觉得其中少了点什么东西,不能打动人心。这就是少了作为当代作者对人生、对社会的体验和思考。一个与当代社会脱离的人,他的那些才情、学识、文化修养、语言技巧,自然而然地就缺乏了朝气蓬勃的生命力。所以,此类作品不宜过多,这样容易消沉意气,提不起积极向上的正能量,从而缺乏时代的情感,时代的精神和大众的认同感。要善于化低俗为高雅,化平庸为奇特,或把两者互通互补,即雅中涵俗,俗里通雅,使之雅俗共赏,成为让人过目不忘的精品。

三、描绘时代的真实画面。我们应该投入到火热的当代生活中,去发现真实的社会,反映时代的变化,描绘这个时代的精神画面;颂扬国家的富强、民主、文明、和谐等新景象,彰显社会的平等、自由、公正、法治的新趋向，激发人们树立爱国、敬业、诚信、友善的社会价值观，颂扬真善美，弘扬正能量。同时，要鞭挞假恶丑，我们要通过诙谐、幽默、嘲讽等方式针砭时弊，鞭笞贪腐丑恶现象，用我们激昂的诗情融入时代的主旋律，使之汇成壮丽动人、奋发向上的大合唱。这样才能体现出诗人的思想层次、人性亮度、情感温度、精神境界，也才能体现创作的高度和深度，真正反映诗词的质量和分量。

四、紧跟时代不断创新。我们要在吸取古人精华的基础上推陈出新，结合时代精神和时代特点的情趣和风格，作出美好的诗词。在千变万化的历史发展过程中，一定要用客观的眼光看问题，不可囿于旧律、故步不前，比如，满足于古人意境中的一些貌似美妙的词句，稍作修补、改颜，倒手成为自己的作品；要体现鲜明的个性，用新的思路去开拓新的视野，以坚定而真实的姿态屹立在现实生活的旷野上，随心所欲地驾驭豪放、婉约、壮观、凄美的文字。只有这样的作品，才能有发自肺腑的真情，才能引起人们的共鸣，达到内容与形式的完美结合。

五、紧跟时代创作精品。习近平总书记在文

艺工作座谈会上的讲话中指出，推动文艺繁荣发展，最根本的是要创作生产出无愧于我们这个伟大民族、伟大时代的优秀作品，作品是文艺工作者的立身之本，并提出精品之所以“精”，就在于其思想精深、艺术精湛、制作精良。这无疑是对我们诗词界的最高要求。二〇〇五年十二月，中华诗词学会第二次代表大会也提出了“实施精品战略，繁荣诗词创作”的要求，并指出精品力作的主要标准，是时代精神、先进思想、真挚情感与艺术感染力的高度统一。这与习近平总书记的讲话精神完全吻合，也使我们充分地认识到：中华诗词不仅是中华民族的优秀传统文化，更是中华民族优秀传统美德的载体。它在教育人，陶冶人的情操，提高人文和道德素质，弘扬正能量，推动社会文明，构建和谐社会中，做出了不可磨灭的、积极的贡献。

好的诗词作品还体现在韵的和谐、声的抑扬、语言的文采、对仗的精美等诗词艺术形式上。它可净化、陶冶人的心灵，让人跨越时空，领略无与伦比的文学艺术魅力。它能给人予欣慰、快乐，促成人类美好的审美观、正确的价值观。它能唤醒人性的懦弱、树立起人的尊严、弘扬正气，使人变得强大。它为平淡的人生添加色彩与温暖,为美好的事物讴歌,对邪恶、贪腐毫不留情地抨击。

诗词源于生活又高于生活,只有赋予它时代的激情与正气,才能让它成为一首永远吟诵不完的颂歌。

附　录

各处撰写镌刻柱联影照

为泉州海印寺撰联

天风月色禅堂净;海韵山光梵磬悠。

黄河鸣撰　李德谦书

为泉州海印寺撰联

入世须知朱子理;脱尘当念释家经。

黄河鸣撰　李德谦书

为金墩安平黄氏家庙撰联

金脊天时应；墩台地利符。

黄河鸣撰　黄清禄书

江流鳌海川源远；夏衍金墩世泽长。

周焜民书

为金墩安平黄氏家庙撰联

祖耀千才茁;族和百业昌。

黄河鸣撰　黄清禄书

擎天朱旆祥云揽;承日华祠紫气衔。

黄河鸣撰　黄清禄书

为金墩安平黄氏家庙撰联

与仁作友荣途畅；崇德为师景运开。

黄河鸣撰　黄清禄书

为金墩安平黄氏家庙撰联

俭勤为本弓裘嗣；箴教有方诗礼传。

黄河鸣撰　黄清禄书